日

にっしょく

蚀

〔日〕平野启一郎 —— 著

周砚舒 —— 译

浙江出版联合集团

浙江文艺出版社

版权合同登记号：图字：11-2016-153 号

图书在版编目（CIP）数据

日蚀/（日）平野启一郎著；周砚舒译. —杭州：
浙江文艺出版社，2017. 8
ISBN 978-7-5339-4898-6

Ⅰ. ①日… Ⅱ. ①平… ②周… Ⅲ. ①中篇小说 -
日本 - 现代 Ⅳ. ①I313. 45

中国版本图书馆 CIP 数据核字（2017）第 125018 号

日蚀

作　　者：〔日〕平野启一郎
译　　者：周砚舒
责任编辑：柳明晔　邵　劼
封面设计：棱角视觉

浙江文艺出版社　出版发行

地址：杭州市体育场路 347 号
网址：www.zjwycbs.cn
经销：浙江省新华书店集团有限公司
印刷：上海中华商务联合印刷有限公司
版次：2017 年 8 月第 1 版　2017 年 8 月第 1 次印刷
开本：787 毫米×1092 毫米　1/32
字数：70 千字
印张：7. 25　插页：4
书号：ISBN 978-7-5339-4898-6
定价：39. 00 元（精）
（如有印、装质量问题，请寄承印单位调换）

神将人类逐出乐园，并以火焰筑墙将乐园围住，使人类无法再度接近。

——拉克坦修《神圣原理》

以下记录的是我个人的回忆，或可称之为告白。告白之始，作为基督教徒，我愿以神之圣名立誓：所言断无虚饰，句句属实。在此明誓出于两个意义。一是对此书的读者明誓。面对这样一本颇为怪异的书，他们立刻会心生怀疑。对此我并无责难。因为，无论多么心怀善意地来读这本书，书中所讲述的毕竟是令人难以置信的事情。倘若费尽言辞勉强取信于人，只会加深人们原有的怀疑。因此我只附注一言：我以神之圣名发誓，所言皆为真实。另一个意义是对我自身而言。随笔而行，或许我亦无法忍受自己的经历，以致讲述时歪曲事实。或许因为诸多经历至今仍隐藏于内心深处，中途搁笔也极有可能。这与歪曲事实别无二致。唯恐发生这样的事，断然立誓于下笔之际，以戒自身。

愿主见证我上述誓言，并聆听我以下拙劣的言辞。——

一千四百八十二年初夏，我从巴黎出发，经过漫长的旅程，孤身一人徒步前往里昂。在叙述这段回忆之前，我想我得先简短说明一下这之前的经历。

当时，就读于巴黎大学攻读神学的我，在自己贫乏的藏书中，有一本古老的手抄本。虽说是手抄本，却没有一本书该有的体裁，也没有封面，多处脱页严重，尤其是前半部分，页码尽数脱落，因此，说它是手抄本的一部分，或许更为恰当。内容似乎是由拉丁语翻译过来的异教徒的哲学著作，但连书名页都丢失了，故而书名也不得而知。

我是怎样机缘巧合得到这本书的，如今已经记不起来了。可能是朋友外出旅行带回来转让给我的，也可能是借阅之后忘记归还保留至今的。当时我的交友范围并不广泛，所以真想查明这本书的来历也并非做不到，但此事本身并不重要，姑且略过，转入正题。

我对这本来历不明的手抄本颇感兴趣。于是置于案头，一有机会便反复品读，竟有了无论如何也要得到完整本的念头。

不久，我便查明了书名。是一千四百七十一年在佛罗伦萨付梓的马尔西利奥·费奇诺①翻译

---

①马尔西利奥·费奇诺(Marsilio Ficino，1433—1499)，文艺复兴时期意大利哲学家、神学家。他的人文主义思想全面诠释了文艺复兴时期的新柏拉图主义，被誉为给人以信心，并指引人找到前进方向的导师。

的《赫密斯派文献》①。为了查清这书名，我颇费了一番周折。之所以这么说，是因为这本如今虽已广为人知的名著，在当时的巴黎，知道的人却寥寥无几。因此，无论我多么费尽心思想要得到这本书的原本，都未能成功，虽然在学术圈内多方寻找，终未能得到。

终于有一天，一位同侪听说了此事，建议我到里昂去。据他说，在巴黎不可能找到这本书，但是在与地中海诸国贸易往来频繁的里昂，或许能找到我想要的那种文献。他还说，翻越阿尔卑斯山前往佛罗伦萨，对于我来说有些困难，倘若只到里昂，就不会那般辛苦了。

他的忠言是否可信，当时我无从判断。但如今看来，这忠言是相当值得怀疑的。因为费奇诺

---

① 《赫密斯派文献》（*Hemetic Writings*）：罗马时代完成的一部赫密斯派的文献，是西方神秘学主要的思想来源。文献涉及占星术、宇宙论、炼金术等问题。现存最早的《赫密斯派文献》是马尔西利奥·费奇诺翻译的。

的思想由辛弗利昂·尚皮埃尔①传到里昂是自那以后过了很久的事情。

但是，当时的我无从判断这番话的真伪。因为我既没有充分的知识，也没有充足的时间来进行判断，故而我虽多少心存疑虑，但还是听从了同侪的建议，决定获得学位后就只身离开巴黎。

——这就是我前往里昂的直接原因。但是，我认为这个理由还不够充分。因此，以下我还想补记若干其他事由。上面的叙述，只不过说明了我踏上旅途的直接原因。

……前面我提到的那种文献，出现于百余年前地中海沿岸的部分城市，是复兴的异教徒写的哲学著作。费奇诺的《赫密斯派文献》是其中最著名且最重要的一本。我决定去里昂，如前所

---

①辛弗利昂·尚皮埃尔(Symphorien Champier，1471—1539)，法国圣辛弗利昂的一位医生，巴亚尔骑士的亲戚，曾跟随路易十一前往意大利，参加过数次战役，最后定居里昂，建立了里昂医科大学，为当地医学事业的发展做出了杰出贡献。

述，的确是因为想要得到《赫密斯派文献》。但是，还有另外一个缘由，就是我期待着在当地还能收获几部这类文献。

对于古代的异端哲学，我一直甚为关心。不谦虚地说，我的这种意识——或可称之为忧虑——与十三世纪圣托马斯①所持有的某种迫切的危机感如出一辙。正如圣托马斯用我们的神学思想融合了亚里士多德的哲学思想那样，我深切感到，有必要以主之圣名赋予再度兴起的这些异端哲学以秩序。我的不安，并非仅仅归结于亚历山大里亚学派对柏拉图哲学思想的融合问题。我担心的是，前述赫密斯派的著作未曾言及的、充满胁迫力量的巨大海啸，顷刻间向我们侵袭而来，吞噬一切有形无形的幻术与哲学。我担心的正是其无秩序的泛滥。奔流的河水，固然能带来丰富的水

---

① 圣托马斯·阿奎那（Thomas Aquinas，约 1225—1274），意大利伟大的神学家、哲学家。他将亚里士多德的哲学思想与神学、信仰结合起来，被认为是中世纪最伟大的神学家。著有《神学大全》《反异教大全》等。

产，润泽我们的生活。然而，一旦河水外溢，必
然会毁坏大量麦田。异教徒们的思想与此别无二
致。我们一定要及时地、迅猛地防止我们的信仰
因异端邪说的泛滥而面临危机，防止它们侵吞我
们的秩序，毁坏我们的根本。为此，追寻从前神
学与哲学结合的理想——虽然这理想已然褪
色——再度赋予其新的意义，并使其得以实现，
这正是时代赋予我的唯一使命，对此我深信
不疑。

　　……时至今日，回想当时，心中仍不免有些
许苦涩。因为巴黎的同侪们对于我的一腔热忱是
那么冷淡。

　　原因之一出于他们过于乐观的臆断。他们中
的大多数都认为，我所说的异端哲学的威胁只不
过是杞人忧天。

　　还有人嘲讽我："那样的话，你最好去当异端
邪说审判官。干吗煞费苦心地当什么道明会
士呢？"

这些毫无道理的忠告，自然不是我所希望的。

我无意否定异端审判制度。但是，我们从当时业已失败的审判制度那里寻求到了能够阻止异端邪说泛滥的力量吗？事实上，谋求金钱利益的女巫审判横行，一部分审判甚至没有经过慎重考虑就委托给俗权。当然，我并不是说事态全都如此。纵然审判制度能正常发挥作用，逮捕异端者并处以火刑，但引导人们走向异端的思想却被搁置一旁，甚至延续了命脉，如此一来，问题仍未能得到解决。

说到底，我的初衷并非要排斥异端哲学，从前面的叙述也可以看出，我是想将其纳入吾辈神学体系之中，并使其从属于吾辈之神学。事实上，异教徒们的哲学考察，一部分是具有真实性的。然而由于他们的无知，总不免会陷于谬误之中。因此，我们应该对照其教义逐一审查，只对其谬误之处加以驳斥。

　我之所以这样主张，是因为我认为要完全放逐一种思想是不可能的。带有哲学正当性却被放逐的思想，终会因其正当性而复活。到那时，其中谬误的部分也会作为正当的思想随之复活。因此，我们必须彻底指出其谬误之处，而使其正确的哲学思想作为一个整体臣服于我们的教义之下。虽然排斥它，但绝不允许其留存于我们的教义之外而放任不管。正所谓即使有毒的水，我们也要将其变成葡萄酒——我相信这是可能的。因为《圣经》的教义的确具备使这成为可能的巨大而深远的力量。

　但是，有的人却与我的说法针锋相对，还如此反驳道：

　"那是你的傲慢之见！如你所言，《圣经》的教义的确无比深远。与此相比，无知的异端哲学是何等地谬误啊！但是，为了驳斥他们的谬误，面对如此广博的世界，你总要说出个所以然吧！然而，身为一个渺小的神的创造物，你又如何能认识并阐明神创造的这个完美世界的秩序呢？更别说以此来认识神了……"

对这样的看法表示理解并颔首赞同的人不止一二。我之前特意引用了众所周知的葡萄酒的比喻，正是因为那些人必将如出一辙地引用波那文都①的这一名言。

但是，我并不认为这样就代表虔诚。看到他们因冷笑而歪曲的嘴唇，让我觉得他们更加可鄙。他们颤动着苍白枯萎的薄唇，与两三个同僚交换着眼色，既担心伤了自尊，又要表现出轻视对方的姿态，他们的这种行径让我打心底里觉得厌恶。——不过，我之所以感到他们这番话是卑屈与怠惰的表现，根本来说是因为我们的主张存在分歧。

当时我的处境，三言两语很难交代清楚。这次旅程表面上看只是区区半年的小型朝圣，但是对于

①波那文都(Bonaventura，1221—1274)，意大利神学家、经院哲学家。圣奥古斯丁哲学的信徒，他认为人可以通过冥想借助灵魂内在的启发认识上帝。

刚拿到学位就确定了教授之职的我来说，竟然被毫无挽留地允许开始这样一段旅程，由此也可以看出我当时的处境了。如此任性的申请，原本是不会得到允许的。匤此，虽说是允许我外出，但是回来后能否留住职位却是极不确定之事。

我读大学的十五世纪后半叶，普遍论争已接近尾声，唯名论正席卷学界。巴黎大学当然也不例外，即便是在我所在的道明会，也有许多同僚信奉唯名论。这样的现实，多少让我感到失望。因为我之所以就读于这所大学，又成为此修道会的会士，完全出于我对圣托马斯执着的尊敬。阿维罗斯①主义及其派生出的诡辩式二重真理学说的桎梏，虽说有鲁菲普鲁·泰达普鲁这样的例外，但仍作为对亚里士多德学说过度不信任的学说而残留下来。为了支持那些信奉奥卡姆②主义

①阿维罗斯（Averroes，1126—1198），著名的阿拉伯哲学家。
②奥卡姆（William of Occam，约 1285—1349），也译为"奥坎"，英国经院哲学家，圣方济各会修士。以复兴唯名论著称。认为思想并非对现实的衡量，将哲学与神学截然分开，曾被教皇约翰二十二世以异端邪说问罪。

11

的人，他们把亚里士多德学说看成旧思想的象征，其教义也应该被打破，对于圣托马斯所构建的 Summa① 体系，他们也大致持相同看法。

虽然我被视为与年龄不符、过时且怪异的托马斯主义者，但也并非完全孤立无援。在当时的巴黎大学虽属少数，但还是有一些人继承了曾经创作过《拥护圣托马斯神学》一书的开普雷奥罗斯②的事业，致力于托马斯主义的再兴。与他们交往的过程中，我时常不着边际地感慨，如果自己能早出生半个世纪，将了无遗憾。开普雷奥罗斯殁于一千四百四十四年四月六日，而近年来写就了杰出的托马斯诠释的枢机主教卡耶他努斯③降生则是一千四百六十九年二月十日的事。也就

---

①Summa 体系：此处指圣托马斯的《神学大全》。
②开普雷奥罗斯(Capreolus,1380—1444)，法国神学家，托马斯主义者，多米尼克会修士。
③卡耶他努斯(Thomas De Vio Cardinalis Caietanus,1469—1534)，也称卡耶他，意大利神学家、哲学家，道明会士，主要著作有托马斯·阿奎那的《神学大全》诠释。

是说，我踏上旅途那年，卡耶他不过是个年仅十三岁的少年。……这样算来，我埋头于托马斯研究的那些时日，或许只能称得上是流经这两座高峰之间的涓涓细流罢了。

——虽说如此，仅成为一个托马斯主义者，并不能让我完全满足。虽然我对托马斯主义常怀敬畏之心，但是另一方面，出于这一莫名的、无法满足的想法，我总想尝试对世界有更进一步的理解，即也对神的理解，为此冥冥中我常怀定要跨越这道藩篱的执念。所以，我的想法与他人不同，与其说是偏狭，毋宁说我的思想经常处于出格或暧昧的状态。比如说，我一直无法包容奥卡姆的主张，而对史各都①的研究却感到分外亲近，当然也只是对其一部分研究而已。另外，在克服异端哲学这一课题上，我则深受尼古拉·库

①史各都（Duns Scotus，约1265—1308），经院哲学家、神学家，唯名论者。是继托马斯·阿奎那之后的经院哲学的正统继承者，被称为"精妙博士"。

萨①神学的影响。

　　在我即将踏上旅途之际，有人批评我未能善尽一个托马斯主义者的责任。他们认为我很可能不会再回来，因此将我的旅途视为只不过是对研究的一种逃避。然而这与那些认为我的旅途是一种圣人决断的说法一样，都没有命中鹄的。真正理由神可明鉴。谈到托马斯，我迄今的主要思想多源自 Summa 体系，所受影响之深毋庸多论，然而，倘若冷静地加以思索，当时的我，与其说关注的是其学说本身，毋宁说是对他的赫赫业绩心怀真诚的憧憬。……这或许略有自嘲之意，但是，无论怎样，当时我的思想尚不成熟，以为凭我一己之力发现并探究古代异端哲学，不仅能将人们从异端思想中拯救出来，也可以从中获取构建新神学体系的契机。那时，我坚信，亚里士多

①尼古拉·库萨(Nicolaus Cusanus，1401—1464)，德国天主教枢机主教，中世纪最伟大的神秘主义思想家、法学家、天文学家、实验科学家、哲学家、数学家、光学家、古典学家、医师和近视眼镜的发明者。他是文艺复兴时期哲学的先驱，是中世纪哲学走向近代哲学的一位重要代表人物。

德的哲学亦是如此，若能正确解释其内容，或许就能成为将尚未可知的异教徒哲学引领至神之道路的新路标。——

以上即是我踏上旅程的原委。为了阐明这些，我已颇费言辞。但这毕竟是不能省略之事，为了继续下面的叙述，为了读者，也为了我自己，有必要将其中原委交代清楚。

自此，我将逐日记录旅途行踪。

抵达里昂之后，我在那儿停留了数日，发现想找到我要的文献比原来预想的还要困难。这出于两方面的原因，一是找不到文献这一根本原因，二是出于一个现实的原因，我作为旅行僧，借住在当地的修道院，必须履行托钵传教的司牧义务。

就这样过了十天，正当我无法如愿以偿，整日焦躁不安之时，幸得同室修道士的斡旋，才侥幸获得了里昂主教的赏识。

主教是个不修边幅的人。皮肤白皙，容貌秀气，一眼就看得出是个温厚之人。面对我的焦躁、受到接见后的欣喜，以及因疲劳说话时稍显张狂的口吻，主教非但没有皱眉，还耐心地倾听。谈话告一段落，他暗示我，想要得到重要的文献最好还是去一趟佛罗伦萨。主教是这样考虑的：若如你所言，你可暂留此处，嘱托与佛罗伦萨有来往的商人代为寻找，只要花费些时间，文献总是会找到的。如果你只是想要马尔西利奥·费奇诺的《赫密斯派文献》，我这里倒是有一本，你若不介意，尽可拿去抄写。不过，若是为你着想，你还是亲自去一趟佛罗伦萨，亲眼看看当地所发生的事情为好。如果你觉得接下来旅途艰难，我可以帮你安排马匹。——我时不时点头，默默倾听着。尤其是最后一番话，出乎我的意料，惊讶之余对他的好意颇为感激。然而，让我更为振奋的是，主教后来谈及的有关佛罗伦萨当地的一些话。事实上，主教曾多次前往罗马办事，途经佛罗伦萨，与柏拉图学院及相关人士探讨了神学、哲学方面的问题，其间还附带着自己卓绝的考证，畅谈了绘画、文学，以及人们的生活风貌、信仰内涵。

主教说：

"……阿尔卑斯以南是一片与我们这里截然不同的世界。这样说的话，可能会让你觉得那个地方充满了魅力，事实上，那些截然不同是好是坏，我也难以判断。阿尔卑斯群山究竟是我们与新世界的障碍呢，还是保护我们这个世界的屏障呢？我无法草率断言。正因为如此，我才希望你亲自去看看。……"

主教那平静的语气，为已疲于蒙昧思潮喧嚣的我带来了新鲜的气息。主教的这番话，到现在，也就是十六世纪的今天，远比当时更有深意。

听了主教的这番话，我似乎已忘记了旅途的辛劳，甚至想要立刻动身前往佛罗伦萨。

17

但是，主教随后却若有所思地抬眼凝视着我的脸，平静地问道：

"对了，你对所谓的炼金术有兴趣吗？"

我未能明了主教之意，默然低下头。

主教接着说。

"就是大家经常说的制造黄金之术。"

"……啊，知道这么一回事儿。……"

"其实，离此处不远的村子里，一直有人在苦修炼金术。虽然成功过几次，但他是个古怪的人，依然过着清贫的生活，专心此术。我与他只见过一面，他自然哲学知识之广博，实在是我无法企及的，对你所说的异端哲学也似乎十分精通。当然是个有信仰的人。如果可以的话，去佛罗伦萨之前，你能否先去拜访此人？我觉得你一定会有收获的。——"

说到这里，主教望着目瞪口呆的我，进一步补充道：

"村子就在距此地仅二十公里的东南方，一个所谓的开垦村落。因为是在维也纳（Vienne）主教管辖区内，所以不怎么绕路。"

思索须臾。基于对主教的信赖，以及对那个炼金术士的好奇，我没有过多疑虑，就决定遵从主教的建议。

于是，两天后，圣体大祭一结束，我便独自一人离开里昂，向着村子出发了。……

由里昂到村子的路途中，我心中所思所想，难以在此详述。这些思绪的碎片，无一能独立成形，相互交错在一起，就在形将消散之际，又重新凝结起来，相影相随，转而又在彼处破散开来，仿佛雨后洒落在湍急的河面上的阳光，闪烁不定，虽然隐隐预感到某种正在萌芽的思想，片刻间又黯淡下来，陷入阴郁的混沌之中。

街道行人络绎不绝，在这热闹的氛围中，从前丝毫没有感觉到的旅愁却突然袭上心头。在这南法兰西美丽的大自然中，怎会有摩尼教这样的异端思想极尽猖獗呢？不知为何，我竟不知不觉间忘了要寻求答案一事。

摩尼教教义的中心思想，无疑源自对这个世界严苛的憎恶，这憎恶一方面诱人放荡，另一方面又表现为去势这种极端的禁欲行为。阿尔卑斯派和清净派这样的异端究竟是否北上蔓延至此呢？我不得而知。放荡也好，极端禁欲也罢，虽存在程度上的差别，但都是不分地域，泛滥于这个时代的病症，里昂那些贫穷的信徒自不必说，他们看起来都是一样的。然而，我尚存疑惑的是，异端何以会在南部这片阳光充沛的土地上泛滥呢？——我徒然思索着。是战争的原因，还是黑死病的缘故，抑或是出于临近东方这一单纯的地理因素？……

思绪犹如失去舵的船，横冲乱撞着迷失了方向。就在这时，湿热的泥土气息倏地沁入我的心脾。

我停下脚步，拭去额头流下的汗水，仰望

苍穹。

"是太阳的缘故吗？"

……我自言自语。因为，那一刹那，高悬于天际的炽热太阳映入我的眼帘，骤然引起了我的怀疑，这些异端，会不会原本就是因为这个令人目眩的圆盘才发展壮大起来的呢？不是外界的原因，正是这光，这熊熊闪耀的巨大的光，这其中暗藏的某种阴郁的预感，使人们变得憎恨大地，变得鄙视肉体及其中蕴含的苦闷吧！——

这样想着，一种极其的不快，或是寂寥的感觉，涌上我的心头。

"不……，不……，不是这样，……断然不会……"

我蓦然焦躁起来。不知是因为心中蠢动的憧憬，还是憎恶。……于是只能徒然嘲讽自己方才说出口的话。

我低下头，满是霞光的视线与大地相接。目光在四处游走。忽然发现身旁的岩壁上发出一点仄仄的亮光。

走近一看，竟是一只麦粒大小的白色蜘蛛。我跪下来，慢慢将脸凑过去，它的样子清晰地映入我的眼帘。

它那纤细却坚硬的肢体，静谧、妖媚。——散发出凝练的、如白昼般的眩晕。

□

一进村子，我长靴未脱，一身旅行装束，便直接去拜访教区司祭。

我之所以未加踌躇就前往教会，是因为身上携带着里昂主教所赠的亲笔信。由不同教区主教所写的文书，为我会晤当地司祭提供了方便，这也是主教非正式的个人善意的表示。主教将文书交给我时，看出我心中的不安，笑着说："不用那么担心，他会友好相待的。"——

教堂建在村子西北边的入口处，好像要保护全村不受外界侵扰似的。

教堂边有一大片与之规模不相称的坟茔，墓冢无次序地散落着，掩映在稀稀拉拉的树丛缝隙间。树枝如血泳般飘向空中，而树叶则如血肉般覆于其上。乍看上去，那些生着各色苔藓的墓碑，就像一群蹲坐在树下的老人。

我更加仔细地观察了这片坟茔，发现一个现实的景象。这就是新墓碑显得做工粗糙，倒是那些渐渐风化腐朽的石碑看起来更为气派。一经探问，才知道. 这些新坟大部分是罗马教廷大赦的次年，肆虐道敏地区的黑死病的病逝者。当时，黑死病如风扫落叶般，村里一下子死了很多人，幸存的人无暇，怕也是没有力气为他们修建坟墓。

事实上，可以看出，这些为时不久的坟墓，并不全都是石制的墓碑，还有一些也用腐朽的木头作为标记。更有甚者，既无石碑，也无木桩标记，只能根据杂草生长的情况才能勉强分辨坟墓的痕迹。

说到当时墓地的景象，村子里还流传着一段小故事。这是我日后从一个当地的掘墓人那里听到的。

据那个男人说，无论做工多么粗糙，只要还有墓碑留下来，对死者来说已经是幸事了。因为后来对黑死病的蔓延束手无策时，死难者都是被共同埋葬的。尸体不分男女都被放在墓地深处的一个大墓穴里，等到尸体放满才用土掩埋。跟我讲这番话的这个人，有一次像往常一样运来新尸体，却看到一具尸体从已经填埋的墓穴里露出了脸，腐烂严重，脸上的肉已然剥落，龇着大牙。是野兽把尸体翻得乱七八糟。他吃惊地看着眼前的景象，一时说不出话来。正当这时，与他搬运尸体的另一个男人，对着露在外面的那张脸喊道："又活过来啦？这么高兴？"——据说这个微不足道、不值一提的玩笑，后来却常被村里的人挂在嘴边。

我并没觉得这个故事有多好笑，倒也没觉得厌烦。的确，那句话可能是恶意的玩笑，但却蕴含着比单纯的玩笑更深刻的失落感，以及与之抗争的真挚、顽强的感情。那种不严肃、不分场合的玩笑，我并不感到讨厌。因为，我似乎可以理解那种心情。……

于是，我把视线转回教堂的方向，首先映入眼帘的是西墙正面悬挂着的五尺左右的玫瑰窗。建筑表面，以玫瑰窗为中心，四周环绕着庄严的尖形窗拱。墙壁上雕刻的火焰花纹（flamboyant），填满了墙壁的缝隙，花纹的曲线像常春藤一样交织在一起，向上攀升。下方可以看到唯一的一扇门。门缘极浅，亦无雕刻，门上的拱形装饰（tympanum）上挖的壁龛里，也只简简单单雕刻了主的圣像。铅制的屋脊呈穹隆形，与拱形的堂顶紧密贴合。为支撑起屋顶，两侧伸出坚固的支墙垛，也因这支撑，镂雕装饰的匠心才没有四散零落，完整地收于墙面之上。总体来说，教堂给我的印象是杂乱无章的，然而在这偏僻的小村庄里，能有这样的教堂，亦不免令人惊讶。我饶有兴趣地注视着火焰花纹等这些随处可见的建筑界流行元素。遗憾的是，建筑本身破落、局促，破坏了它应有的庄严，反倒像个化了妆的侏儒，呈现出些许悲哀的滑稽感。作为村子的教堂，它距离苍穹太过遥远了。想来巨大本身就是一个伟大的价值。这是颇为单纯，且意义深远的真理。事实上，被缩减了的巨大将会丧失何等多的东西啊！

教堂南边，有一条小路通向刚才提到的墓地，此时正有许多村人成群聚集在路上。来的人形形色色，其中有的人还领着尚不懂事的孩子。耀眼的阳光透过树叶的间隙倾泻在他们头上。在粼粼光簇的映衬下，教堂上挂着的十字架的阴影显得格外庞大。

"众人啊，不要忘记神对约伯的试炼。……"

人群中传出一个男子激昂的声音，穿透了燥热中时断时续的蝉声。那声音犹如敲击干木般高亢明朗。村人凝视着说话人，仿佛刹那间明白了信仰为何物，面色苍白，表情紧张，每个人脸上都洋溢着后悔、不安与希望的神色。

我从人群环绕的缝隙里瞄见了他的身影。有三人横站成排，发出声音的是站在正中央的壮年修道士。

男人伴随着夸张的肢体动作继续向村人们传教。他的视线并不固定，像是要逐字逐句确认说过的话一样，在每个人的脸上游移。男人分成两半的下巴中间渗出的汗珠微微颤动着，眼看就要滴落下来。

"……主命令使徒。'你们外出时切不可将金、银、铜钱放入钱袋。也不可带旅行袋、两件内衣、靴子和手杖。'……"

他那深陷于眼窝深处的信心焕发的双眸，在

我脸上停留了片刻，又回到了原位。其间并没有中断传教。受修道士这细微动作的影响，有两三个人回头朝我这边看了看，又马上事不关己似的转回视线。其他人甚至都没有注意到这些，仍旧面朝前方，贪婪地倾听着传教。

望着这情景，我心中渐渐萌发了怀疑之念。我觉得村人们对于一个传教士的尊敬似乎有些过度了。当然，聚集于此，前来听教无疑是值得敬佩的。但是，他们对传教士的一举一动都佩服得五体投地的态度，着实令我吃惊。那是因为，出于对传教士个人的敬爱而产生的信仰是否是正当的，我颇感犹疑。于我而言，我认为那毕竟是与信仰相似又不同的东西。……

停留了一会儿，我转身返回来时的路，向教堂西侧的入口走去。

不用看他们的肩衣和垂在披带上的玫瑰念珠，我便可以确认，他不是方济各会的传道士，而和我一样是道明会的人。

来到教堂入口，我再次朝他的方向望去。声音还听得见，只是他的身影已隐没在人墙和建筑物的阴影里，看不到了。

□

步入教堂，出来接待我的是辅祭。我向他出示了里昂主教写的书信，表明了想见司祭的来意。

辅祭盯着书信。

"……请稍等。"

他面带疑惑地看了看我，留下这句话后便退向内室。如同他颈上歪歪扭扭的垂带，他的答复也显得浮皮潦草。

留下我孤身一人，便坐在椅子上仰望圣坛。与虚张声势的外观不同，教堂内的摆设倒是相当质朴，尤其是祭坛的陈设显得分外朴素。

我长长地出了口气。

教堂将初夏的暑气挡在门外，室内却充满了石壁的清凉。虽然领口还不时冒出我身体的热气，但背上被汗水浸湿的衣服却立时凉了下来，像水蛭般贴附在我身上。

我躺进椅内，闭上眼睛，疲惫如热浪般漫上我的眼睑。放耳倾听，方才的传教声一层一层向着穹隆慢慢地膨胀开来。修道士激昂的声音，经过石壁的过滤，如喃喃细语般静静地在堂内回响。很难形容那是人声，堂内的响动声，还是回声，抑或只是空气微妙的震颤声。我漫不经心地听着这声音，脑海里浮现出传教士的面孔。在众人面前传道背后所隐藏的信仰之心，应该与他外表所表现的不同吧，应该更加镇定吧！他那不为人知的内心信仰，应该更加——不知为什么，这让我觉得不可思议。……

久久等候，也不见司祭出现，我便信马由

缰，陷入了漫无边际的思绪中。

——我方才提到，那位传教士是道明会的修道士。如今正遵从会规，热心地向民众传教。虽然我们同属于一个修道会，但他与我之间却泾渭分明。因为作为学习僧的我，得以免去了许多托钵、司牧的义务。

对一般的道明会士，我常心存疑念。我的疑念并非源于世间广为流传，甚至作为艳情轶事暗地里风传的语言。比如经常会听说，道明会的传教士从某个村妇那里收取了不合情理的施舍之类的话。但是，这样的情形在其他修道会同样存在。方济各会也好，奥古斯丁修会也好，这样的事并不稀奇。我所要谈的也并非这些问题。我觉得成为问题的毋宁是他们那极为幼稚的保持清贫的理想。还在巴黎时，我常常就这个问题与同侪展开争论，但每次都是大失所望。因为，他们中的大多数，对于如何引导民众笃定信仰的意识还颇为暧昧。

竖起"追随贫穷的基督"的旗帜，依照福音书的几个章段开始原始使徒生活，最先这样做的正是圣方济各。据传，他醒悟的直接原因，是他从军被俘之后接触过麻风病人。这与听从圣迭戈①的劝告，从一开始就心存降服异端之念而坚持清贫的圣道明颇有不同。

刚才我在谈到圣方济各时，用了"最先"一词，其实，这个词也只是用于与圣道明比较时，才算正确。因为，当时倡导清贫理想的并非只有圣方济各一人。

其他倡导清贫的大多都是异端。仔细区分的话，这其中有两个主要运动值得一提。一个是以清净派为中心的摩尼教信仰，另一个是由民众对福音单纯的解释而衍生的清贫信仰。恕我大胆直言，圣方济各最初只不过是后一项运动盛行过后

①圣迭戈（Didacus of Alcalá，或是西班牙语 Diego，也称为 Diego de San Nicolás，1400—1463）。西班牙道明会士。

出现的一个人。

　……我虽这样写，但丝毫无意否定圣方济各的丰功伟绩。举例来看，一方面有瓦勒度①这类人被视为异端，而另一方面则有圣方济各的传教获得教皇认可的事实，这恐怕不是单纯的偶然吧！当然原因自然不会是人们经常提起的、时任教皇英诺森三世的那个梦②。二人之间的差距，并不只是时代的缘故。这一点仅从圣方济各既不否定教皇，也不否定教会这一事便可知晓。

　——言归正传！没料到我的思绪会再度与摩

---

①瓦勒度（Pierre Waldo）：是瓦勒度派（拉丁文 Waldenses）的创始人。瓦勒度派是中世纪兴起的基督教教派，主要活动区域在阿尔卑斯山两侧的法国南部和意大利西北部地区，后来传至德国、西班牙、波西米亚等地，十二世纪被罗马教会宣布为异端，并遭受了长达四个世纪的迫害。

②教皇英诺森三世（Innocent III，1161 年 2 月 22 日—1216 年 7 月 16 日）。罗马天主教教皇，1198 年 1 月 8 日—1216 年 7 月 16 日在位。曾发动过第四次十字军东征，镇压异端阿尔比派，批准天主教道明会与方济各会成立。英诺森三世统治时期是教皇权势的鼎盛时代，教廷势力在当时的欧洲有着举足轻重的作用。据圣人传记载，教皇起初见到衣衫褴褛、托钵行乞的方济各会的"小兄弟"感到非常不快，有一天他在梦中看到圣方济各一人支撑着即将倾倒的拉特兰圣约翰大教堂，才批准方济各会的成立。

尼教异端相遇。我无意一一详述其浅薄的教义。只想谈及以下一点,当时,如前所述最忠实地实践异端者的清贫理想的,不是别人,正是摩尼教徒中的所谓"完全人"①。

旅途中,我一直恍恍惚惚地思索着民众陷于异端的原因,其中一个原因,毋庸置疑,在于我们教会的堕落。这是极为重要的一个原因。的确,异端兴盛的最大原因在于其教义的魅惑力。面对令人绝望的生活,人们渐渐相信了他们的教义——世界是由愚神所创造的恶的集合。但是,另一方面,民众之所以追随异端,也是因为对"完全人"产生了深切的认同感。而且对他们的禁欲行为,怀有单纯而朴素的敬意。

前面我谈到,当时的异端运动大致可分为两派。若再加上正统信仰,正邪相加共三个信仰。但是,对于作为接受者的民众来说,他们选择的

①"完全人":指完全遵从神之意志的人。此词出于《圣经·旧约·创世记》第17章第1节。

与其说是教义，不如说是倡导教义的人本身。身心疲惫的民众，将三个信仰等同视之，经过比较后，追随其中自我约束最严格的人。被选中的可能是摩尼教徒中的"完全人"，也可能是里昂的守贫信徒。无论选谁，最先被放弃的就是我们堕落的司祭。

圣方济各，或许更确切地说是圣道明洞察了事态。人们看待他们的眼光，和看待摩尼教"完全人"的眼光并没有什么不同。而他们还是勇于承担了责任。圣道明至死都在不断精进自己，践行着清贫的理想，守护着无垢的贞洁，对教皇则始终表示出坚定的服从。而圣方济各则始终贯彻自己的清贫理想，作为"完全人"比一般信徒多获得的生活供给，他也严格限制在置办衣物和救治疾病的范围。他的装扮形同乞丐，放弃安居之地，为每日所需粮食辛勤劳作，托钵乞讨，向民众传教。或是忍受着圣痕的痛苦，追寻基督的足迹，巡回各地宣讲福音。民众对二人的生活产生了天真而强烈的感动。但遗憾的是，民众以同样的天真被福音书中所讲述的基督的一生所感动。

何等天真，何等匮乏啊！

人们，最终还是没能理解基督的意义之所在。他们仅仅从生活规范的表象来思考神降生于人间的意义，这是最让我难以忍受的。他们爱的是作为人的基督，爱他的一生，只看到了基督具有卓越人格的人的一面。

"任何人都能看到我主耶稣基督的肉身，却看不到他灵魂深处之神性，如若不相信基督真为神之子，必被投入地狱。"

圣方济各如是说。后来的托钵修道僧们，也不厌其烦地对民众这样讲。

毕竟，对于我们基督徒而言，再没有比基督具有神性这一点更重要的了。这无可置疑的事实，为何时常被忘却呢？如今我们必须再次强调神取人之肉身的意义。即全能之神化为肉身，经由女子腹中诞生，在他自己亲手缔造的这个世界上，以人之肉身而生，再以人之肉身而死的意义。

保罗说："按我里面的意思，我是喜欢上帝的律；但我觉得肢体中另有个律和我心中的律交战，把我掳去，叫我服从那肢体中犯罪的律。""这样看来，我以内心顺服神的律，我的肉体却顺服罪之律。"

——保罗的想法是不容置疑的永恒真理。但是，即便如此，我们也要爱护这一必将死去的肉身和这个世界，其间必定有一个重大的原因。

就是因为，世界是由神所创造的，而且神以人之肉身降生于世界。

让我们来想一想，既然神是这世界上最当敬畏之物，为何神，这个超越一切的神自己，要化作我们这样微小的被造物，还要与被造物一起生存于同一世界、同一时间呢？为何自己一定要降生于终将毁灭的肉身，作为一个具体的人死去呢？

无论出于何种理由，我们都不能憎恶这个世

界。为什么呢？因为这个世界与神接触的那一瞬间，就已经通过神的创造再度获得了伟大的价值。神亲自降于此世、生于此世，——仅凭神这伟大的慈爱之心，我们就应该持之以恒地爱这个世界。

保罗说："神就差遣自己的儿子成为罪身的形状，做了赎罪祭，在肉体中定了罪案。"——莫要误读，那个被钉在十字架上的，并非只是一个肉身。安住于肉身中的，可以说既是神，也是作为人的基督。

……如此一来，我们便陷于苦恼之中。因为，我们基督徒一方面追随主的引导努力实现灵的生活，一方面又不能否定肉的生活。然而，这是只有我们才被赋予的光辉的苦恼。正因为这一点，我对许多道明会修士深感焦虑。他们在没有经历这种苦恼的情况下，空口倡导清贫，并力劝民众实践清贫。他们还亲自示范，让民众醒悟，不是因为教义，而是因为民众对他们自身行为的敬佩。

　我认识许多人，都因为受他们的引导，而过着怪异的摩尼教徒般的厌世生活。他们所实践的清贫，几乎都源自对肉体与世界的憎恶，这样说并不为过。但是，将世界视为应该被抗拒的恶的集合，这样愚蠢的教义对信奉者来说，只是表现为无休止地比试贫穷的程度，又有什么意义呢？或许这样做确实能驱逐异端，让人们醒悟而信教。但是，其结果就是他们所信奉的主的教诲，已然丧失了其原有的深意，变成了褪色、变质的浅薄的东西。人们真的可以从中觉醒而笃信真正的信仰吗？或许可以。但我只想说，我无法相信这种乐观的期待。清贫不应该是布教的手段。那只是一个基督徒的修为，只在我们实现最终目标这一点上具有意义。圣道明无论怎样向异端者们学习了这一方法，不能说他原本没有意识到这个问题。归根结底，若想实现清贫的生活，要时常不忘基督化身为人的原因。弄清他托生的意义，爱这个世界，这个肉体与物质组成的世界。——

……我不知在这样的思绪中沉溺了多久。若单是为了等司祭，时间或许过于漫长了，但其实也没过多久。

回过神来，我不知何时已睁开眼，正凝视祭坛上悬挂着的熠熠生辉的十字架。

十字架后，各色彩饰玻璃流泻着鲜艳的光芒。

先前的辅祭终于出现，将我引至教堂外面。

□

辅祭含糊不清地唠叨着，像是在解释传达了这么久的原因，而我并没注意听。此时吸引我注意力的倒是他袖子上散发的葡萄酒余香。虽然甜美，但却淤积着不甚醇厚、让鼻孔深感不快的物质的味道。这味道随微风渗入微温的空气中，飘浮在四周。

我边与他并肩走着，边悄悄打量他的脸。那是一张表情生硬、故作严肃的面孔。年龄大概长我二十岁。虽然看上去没有那么老态，但头上已是白发斑斑。

我为了迎合他的努力辩解，一直望着他的脸。很快我觉得这样做有点可笑，便转过脸来，不经意地叹了口气。闻着他身上久不散去的葡萄酒香，我记得他那充满虔诚的脸像一个做工粗糙的木桶，静静地流露出膨胀的困惑。

来到教堂深处的僧院，我们与匆忙走出的三个年轻女子擦肩而过。女子们都身裹白色长服。随风扬起的下摆，犹如被奔马踏碎的土块儿。她们红着脸、低着头，微笑着窃窃私语。常春藤花纹的小发饰在散乱的头发上摇曳着。辅祭慌忙制止，不合场景的女子们相互看了一眼，仅安静了片刻，便又高声说笑起来。其中一个女子在离去之际还拍了拍辅祭的脸颊。肩膀从宽大的领口中露出，迎着透过枝叶缝隙间照射下来的阳光，散发着淡淡光彩。

进了僧院，我便被领到二楼。辅祭虽然难掩内心的波动，而我却始终缄口不语。与这样的男人相处，尽可能保持高姿态的缄默，也是我的一个小小优势。

登上楼梯，我们来到里面的一间房间前，辅祭在门外请示，等待答复。门开了，出来的是司祭本人。

司祭连我长什么样都没看，就转身朝窗边的椅子走去，走到椅子边才转过身坐下。他胳膊肘倚着桌子，慢慢撩起眼皮，过了许久才抬起双眸。

在辅祭的催促下，我才移步向前。简要说明了我的姓名、身份之后，拿出里昂主教所写的文书，递给司祭。司祭默不吭声地注视着我的脸，单手接过文书。然后将目光落到文书上，大致瞄了一眼内容，又抬起头看着我。其实坐在椅子上的司祭是仰视着我的，然而我把它说成是"俯视"也不为过吧！因为司祭看我的眼神，与看文书内容时那怀疑的目光并没有什么不同。——

直到司祭开始读那份文书，我才得暇打量房中的一切。

我的视线首先停留在最里边。

司祭背后朝西开着的窗户，在斜阳中格外明亮。窗户很小，光从窗户射进来，像蓄积在罐子里的温水一样柔和、平静。山的阴影，在这个时间，还不至于侵入房间。室内摆放的东西，拖着小小的影子，这些影子一个个像朝着这边渐流渐止的冷却的熔岩，凝固下来。

窗户两侧稍暗。右侧放着装葡萄酒的老酒桶，左侧则放着长条箱子。酒桶前面穿出一个锥形孔，里百歪歪扭扭地乱插着木制的出酒管。

锥形孔的下面有一块巴掌大的渍痕。在这经年淤积的赤铜色上，残存着刚刚流出尚且未干的葡萄酒，如脓血一般。好像尚未愈合就被剥开疮痂的伤口。经这酒桶的提醒，我才注意到弥漫在室内的葡萄酒的味道。刚才辅祭衣袖上散发出来的，正是这个味道。

突然间，我的感觉似乎灵敏了许多，甚至发现了司祭堕落生活的细枝末节。

令人吃惊的是，首先窗边连个学习用的桌子都没有，只有司祭胳膊肘倚着的那个吃饭用的小桌子。

靠近酒桶的地方有个木柜子，上面积满了青苔一样的灰尘，印有蛇鳞纹样的皮制酒袋翻倒在其上，还不时冒着葡萄酒。满是渍痕的皮子，经手的抹擦，发出像铅一样暗淡的光泽。酒袋旁边是用布盖着的食物篮。透过篮子的缝隙，能看到酸乳，能看到奶油。还能看到苹果、李子等水果。还看到了核桃。看见了瓶装酸奶酪，也看到了蜂蜜。……这些都是刚刚吃剩下的。其他都藏到了看不到的地方。比如那个上了锁的长条箱子里，一定塞满了更多东西。——顺便提一句，在此列举的各类吃食，或许并不让人觉得奢侈，但至少在我看来，每一种吃食的充足程度，都是在村子其他地方看不到的。因为去年遭了冷害，阿尔卑斯以北包括此地的广大地区，都没有食物，人们几乎到了每日的口粮都保证不了的困境。司祭不可能不知道事态的严重。盖上布藏起来，或许出于他那多多少少的罪孽之心吧！或许是怕落人口实吧！——不管怎样，此地唯有司祭奢侈地独享着这些食物。

诸如此类之事，随处可见端倪。许多浸透葡萄酒的烤面包碎屑，洒落在地板的角落。破碎的蛋壳上沾满了尘土。再往左手边看，是一张铺着羽毛被褥的卧榻。……

诸如此类，上面所列远不能及。就算没有注意到这些，看到司祭红肿的眼皮、稀疏的胡须、两腮鼓胀的肥肉，大致也能明白个究竟。

——这时，司祭读完了文书，搁在一旁，问道：

"是叫尼古拉吧！……你不是雅各①带来的人吗？"

"雅各……？"

"是啊，雅各·米卡艾利斯，跟你一样是道明会的人。今天早上还在楼下一直喊个不停呢！我说的就是那个雅各。"

我渐渐明白了司祭的话，"不，我不认识那个人。不知道文书里是怎么写的，可我今天是第一次来到本村。我的目的不是司牧，也没打算托钵传教。"司祭再度夸张地把胳膊肘放在桌子上，不感兴趣地看着我，"说起来，文书上倒是写了这样的话。好了，无所谓了。你要是想见那个使魔法的老头子，他就住在村东头，你自己请便吧！不用向我请示。……还有，文书我先收下了，不过收件人姓名并不是我，是前任的名字。我叫尤斯塔斯。我是七年前来到这个村子的，据说我的前任死了。"

①原文为"ジャック"，中世纪的异端审判官多以耶稣十二使徒的名字命名，"雅各"就是耶稣十二使徒之一，出于这一史实，此处"ジャック"译为"雅各"。

听着司祭的话，我目瞪口呆，不禁心生厌恶。——但是，这又是多么不足挂齿的厌恶呀！正如司祭的慵懒已是家常便饭一样，我对他产生的厌恶也不过是老生常谈吧！与此同时，我也恍然大悟，为何之前从里昂主教那儿了解到的司祭的为人，与实际见到的司祭的印象之间，会有如此大的差异。

司祭的醉眼转向食桌，对默默伫立着的我，不耐烦地说："没什么事的话，你就走吧！你看，我忙着呢！"

我便简单告别，走出了房间。

门背面传出一声抱怨，"哼，乞丐僧。"……

□

村子被一条小河一分为二。这条细流由东南

方的山中涌出，直达西北方的平原。说是直达，并不是在那里就断流了，而是和同样规模的几条小河汇合，最终流入罗纳河。事实上，旅途中的我，几次都以这些小河作为路标。

村子的旅社与教堂隔河而建。这是刚才那位辅祭介绍的地方。我按照他的指示，终于得以在此处落脚。因为是偏离大路的边境小村，所以虽然称为旅社，但似乎平时从来没有人投宿。一楼成了村人们聚集的酒馆。这个地方还有澡堂。二楼仅有三个房间。分配给我的是二楼房间中的一间，另外两间则是旅社主人自己的房间和储物间。

旅途中，我曾多次投宿在这种与我这乞丐僧身份不符的旅社。因此，住进这个旅社，深感为难的反倒是旅社主人。这也是理所当然的。在这种村人们干完农活后，无所顾忌地休养生息的地方，有僧侣在场，该有多么不方便啊！更别说在澡堂了。因此，在这个旅社，我遭恶脸相向也是常有的事。不过，对我来说还算幸运的是，此处的主人自诩自己有虔诚的信仰。而且，他还是雅各·米卡艾利斯的一位尊崇者。知道我和雅各都是道明会士，主人很高兴。因此才打消了当初的顾虑，接受我投宿于此。于是，我和雅各之间虽然还未曾交谈过，就已经结下了某种因缘。——

翌日清晨，做完祷告，在通向一楼的为数不多的几阶楼梯上，我一个踉跄，不得不倚靠在墙上。从里昂到此地的一路，比我想象的要艰难得多。再加上沿途有盗贼出没的谣传，更是加速了行程。

那天，我不得已在床上躺了一天。

隔了一天，虽然我的身体状况尚未好转，但午后，我还是离开旅社，决定去村子里转一转。身体微恙或许只是疲劳所致，但这个决定对于我来说多少还有些勉强。决定这样做出于两个原因，一是因为，担心我病情的旅社主人，过于频繁地来窥视我的状况，反而让我感到心烦。主人的态度并不是要热情待客，总觉得他照顾我，是为了满足他自己，这让我觉得非常不舒服。另一个原因是，旅途中卧病在床，让我感到不安。这不安来自旅途不结束我就难以摆脱的焦躁。为实现夙愿而产生的最单纯的焦躁，就是这样吧！大概人们为了达到目的，会比平时多一些上面所说的那种焦躁吧！但是，同是这种焦躁，在旅途中却感觉格外强烈。想来，这原本与目的本身没有直接关系，旅途本身带给人的不安，不知不觉间与担忧能否实现目标的心情交织在一起，虽然两者毫无关系，但这种情绪却不断地膨胀起来。

总之，我再也无法忍受终日卧床不起了，用过稍稍提前的正餐，我便出了旅社，开始漫无目的地在村中游逛。因为头脑还有点晕，所以我并未打算就这样去拜访前面提到的那个炼金术士。走着走着，心情渐渐舒畅起来，又过了一会儿，我已经有余力来观察村子的样子了。

首先引起我注意的是村子的地形。前面已经

提到过，村子因小河一分为二。西南侧的土地，以小河为直径，呈半圆形延伸开来。教堂所在地就是这一侧。而东北侧的土地，则以这条小河为斜边，形成了一个偏向东边的直角三角形。旅社即在这一侧。这样看来，整个村子的形状就像一个有着斜裂纹的樱蛤贝。

村子周边，沿圆周形成突起的缓坡。与其称其为山，不如叫它丘陵更为确切。许多家畜被放养在此。另一面，就是东北方稍偏东处，也就是直角的顶点，背后有一片浓密的森林卫护着。就在直角的顶点处，有一间石头建造的屋子。后来听说，这就是那个炼金术士的住所。森林与村子相望，背靠巍峨的石灰岩大山，郁郁葱葱沿村子的两边纵深绵延至山脚下。在环绕村子的山中，这座山最为险峻。山上星星点点裸露的几处白色山岩，远远望去如同羊群一般。——

村子的地形大致如此。除以上关于它的描述外，我在此还想补充一点。这是我那日散步时所发现，直到现在仍觉不可思议之事。就是关于村里小河上架设的桥。

在之前的描述中，我似乎给小河规定了长度，这么写是不严谨的。准确地说，我当时所考虑的小河长度，其实是从村子东南方森林的出口到西北方教堂的距离。而我所描述的圆的直径，以及直角三角形的斜边，同样都是指这段长度。

就在这条线段的正中间，架了一座小桥。而且，村里除此之外再没有其他的桥了。

这桥不是石造的，而是用从森林里砍伐的木材所造。虽说是河，其实只不过是一条极细的水流，即便不搭桥，也有好几处可以涉水而过。事实上，我从教堂出发前往旅社时，也没用过这座桥。不过，这也是因为这个季节河水水位下降，才帮了大忙。若是早春时节，山上融化的雪水注入时，想必不会如此。而且，考虑到农耕，没有这座桥则相当不便。据我观察，村里还留有三圃制的痕迹，铁锹、镰刀自不用说，若想搬运用于联合耕作的重型犁那样的大型农具，就必须得利用这座桥了。

黄昏，回到旅社后，我便向主人探问这不可思议之事。但是，这个信仰虔诚的男人，却只说这并无什么其他特别的用意，然后就缄口不语了。我之所以不相信他信仰虔诚，是因为日后我从其他人那里得知，这座桥与当地的异教传说有关。

我无法在此详述这一传说的内容。因为我只了解到：偶尔会有人在桥上遇到死者的灵魂。这类传说就像那些关于十字路口的传说一样，屡屡有所耳闻。如果把桥视为陆地的延长，把小河勉强看作水路，此处大约也称得上是一个十字路口了。但是，我不能满足于此种说法。因为，这条河小得连一艘小船都浮不起来，更重要的是，我的疑惑在于为何只有一座桥，而这个说明并没有充分解答我的疑惑。

滞留村子期间，我一有机会便思考此事。而

且自那以后我对这件事的兴趣丝毫没有减退，因为日积月累，我又发现了几个新的事实。比如说，这座桥像是经过了精确测量似的，恰好位于我所说的线段的正中间。这样的话，若以桥为圆心，以线段为直径画一个圆，其轨迹几乎与西南方村子的边界吻合。而东北方向圆周的轨迹则隐没于森林之中，但是唯有一点与此圆周相接，那便是炼金术士所居住的地方。还有一个事实与此事有关联。从桥上远眺教堂，顺势环顾一周，直至炼金术士家，这个角度大约是一百二十度。如此一来，桥、炼金术士家、森林出口，也就是线段的末端，这三点构成了等边三角形的三个顶点。……

那时，我并不认为这些事实只是几何学游戏的结果，现在也不这么认为。不知这是人为形成的，还是偶然的机缘所致。但是，看了我后面的叙述，相信不仅是我，就连读此文章的人，也必定会产生想要从中找出其深意的欲望吧！事实上，比起我在混乱的村中度过的那些时日，倒是过了一段时间冷静地回想此事时，让我更加强烈地意识到那其中必有深意。——但是，另一方面，这些思绪明确地表明一点，就是我的兴趣渐渐从桥转移到了桥与炼金术士住所之间的关系上。二者的关系当然只是我对桥产生的无数兴趣中的一点，但是说它格外引起了我的注意，也不足为奇。要说明这些，只能等待我之后的叙述了。……

但是，那天的散步，令我难忘的与其说是各种各样的地理上的发现，不如说是如下所述的一次邂逅。

看过村子各处之后，我沿着河，信步走到森林入口处，然后踏上归途，朝旅社方向走去。

太阳已经西斜，余晖洒满整个村子，像烧着了似的，泛着红光。还没走几步，本该无人的身后，忽然传来幽幽的脚步声。我没在意，继续走了两三步，又听到脚步声，这次是朝我这个方向而来，并渐渐靠近。我忍不住转过头，朝森林深处望去。森林被茂密的树木覆盖着，紧锁在黑暗中。在这重重黑暗中，偶尔传出奇怪的野兽嘶鸣声，其间还夹杂着与往常不同的、令人感到不可思议的沉闷的蝉鸣。……

出现在我面前的是一个略显老态的男人。光线照在他的脸上，眼窝里还流露着残余的黑暗。里面藏着冰冷、干涩、漆黑的双眸。

顷刻间，我被他的容貌迷住了。——饱满的额头彰显着强健、睿智，且清晰的思辨能力；双眉如鹰鸠舒展的双翼；高耸的鼻梁透着蔑视一切俗事的孤高；鼻翼两侧刻着两道深深的皱纹；一张大嘴紧闭着，让人感到难以亲近。下巴短小而精悍。……体格高大魁伟，走路架势透着莫名的威严。穿扮素朴，周身皆为黑色。

男人的五官，挑出任何一个，都非俗世凡人所能及。他脸上洋溢着狷介之色，但却看不出一丝卑屈，流露着气吞山河的神威。那不容侵犯的气势，就像他及踝的长衫，紧裹着他的身体。

　　——我不由得发出感叹，起了一身鸡皮疙瘩。回想一下，无论何时何地，我都不曾见过如此气宇轩昂之人，也从未见过世间能有人如此活生生地体现出灵魂之伟大。

　　涓流不息的小河夹在我们中间，男人在河那边，我在河这边。他朝张皇失色、呆立不动的我投以睥睨的一瞥，便转身向自己的住所走去。

　　须臾之间我骤然明白了他是何人。——他，就是那个炼金术士。

□

　　翌日一大早，我带着一丝兴奋睁开了眼。精神格外好。我一边整理还带着体温的床褥，一边回想昨日的邂逅。……

与尤斯塔斯会面时也是这样，炼金术士的样貌，与我根据里昂主教的介绍，想象出来的样子大有不同。但是，与前者不同，这次并没有让我感到失望，反而让我心怀些许期待。这让我稍稍放下心来。何出此言呢？因为我虽然已经来到村子，但说实话，我对主教所说的事，还是半信半疑。昨日的邂逅当然没有完全拂去我心头的疑虑。但是，之前我一直不太相信的主教的话，如今却自然而然地开始相信起来。

　　——然而，就在我这样想着的同时，心中却禁不住忽然萌生了不快。因为我想起了昨日与旅社主人的一段谈话。

　　事情是这样的。

　　傍晚，回到旅社后，我便与主人谈起路上的事，主人回答说，那极有可能是炼金术士。这时，我才第一次听说他的名字叫皮埃尔·迪法依。奇怪的是，里昂主教和当地司祭都不知道他的名字。我又向主人询问了他的为人，以及是否可能前去拜访之事。

我话音刚落，他就说：

"您是说要去拜访那个男人吗？请您还是不要去了吧！就算您去了，也只能是被拒之门外。那个怪僻的男人厌恶见人的程度都出了名儿的，无人不晓。就连我，在这个村子住了这么久，还一次都没跟他交谈过。不，即便我跟他打招呼，他也不会给我像样的回答。我不是说他的坏话。还是请您打消这个念头吧！我想，尼古拉先生您也不想特意跑到那里去，却弄得不愉快吧！"

听了旅社主人的话，我有些不知所措。

"可是，我是为了见那个男人，才特意来这个村子的。……"

我说这话，好像让主人产生了意外之想，他也不说话，一直盯着我的脸，许久才慢条斯理地开口问我。

"尼古拉先生莫非也是想了解坊间流传的秘术一事？"

"是啊，如果能实现的话。"

"……是吗？"

主人的脸上掠过一抹轻蔑的神情。

"那样的话，您还是打消这个念头吧！村里也有几个贪心不足的年轻人，为了知道炼金术的秘密，频频往皮埃尔那儿跑，但都吃了闭门羹。……他根本不想告诉他们。那就是……哎，这么一回事儿，因此，尼古拉先生……我一直以为您是到他那里传教的呢！……"

这些话，多少伤了我的自尊。至此我才渐渐明白了主人的想法。主人似乎认为，我拜访皮埃尔是出于贪欲。但是，这自然是他的臆断。当时我本打算纠正他的误解，可又不知该如何解释。

我想见皮埃尔，是想通过了解炼金术来努力钻研学问。我从未想过要利用此术来获取黄金。然而，当我想要向主人说明此事时，却困惑起来，不知道该从何处入手，又该怎样向他说明。炼金术不应当仅被视为恶魔之术而遭到排斥，它还是自然科学值得研究的对象，可是我该如何向这个男人——一个边境小村的旅社主人，说明这个道理呢？我深感困惑。

我想先从促使我踏上旅途的异端哲学的问题开始，耐心地依次讲与他听。但是，说明此事颇费口舌，也没有多少希望能让他理解，所以我很快就打消了这个念头。

后来，我又想从学术原理的角度来解释炼金术。希望他能理解，我们不应该完全否定其可能性。但是，这也需要庞大的说明，如果主人对自然科学没有一定的知识储备，也是行不通的。

最后我想出的方法是，以大阿尔伯特①为例，让主人明白，事实上过去伟大的基督教徒都曾从事过炼金术的研究。我想这个方法最直截了当，而且成功的可能性也比较大，但如若不先从介绍大阿尔伯特开始，也未必能达到预期的

①大阿尔伯特（Albertus Magnus，约1200—1280），德国天主教道明会主教、哲学家，是托马斯·阿奎那的老师。

结果。

——我思前想后，一筹莫展，陷入了沉默。主人便把我的沉默当作是我的回答，推说自己还有其他事要做，便退向了后堂。……

想起这些事，我觉得甚是无奈，不禁发出一声叹息。这也是常有之事。

我为了向主人说明此事而想出的种种方法，只是瞬间掠过我的脑海。而我煞费笔墨地在此罗列这些微不足道的不愉快，或许就是我不容于世的原因吧！我也经常因此焦躁不安。

与他人交往不顺畅时，我不愿耗费更多的语言来寻求对方的理解，这不是因为厌烦，而是因为，我觉得为这样的事费尽庞大的言辞是徒劳的。我内心执着地认为，期待理解之情，与愉不愉快的情绪直接相关。因此，为了日常片刻的愉快，而多费言辞是我所不情愿的。再加上世人的无知，几乎完全断绝了我能够被理解的希望。这就是致使人们说我傲慢的原因。但是，容我反驳

一下，这种傲慢并非我独有。之所以这样说，是
因为，对于那些学识远比我渊博的人来说，他们
为了让我理解而付出的努力，也是同样毫无意义
的吧！——

　　但是，想要见皮埃尔的想法却丝毫没有改
变，待到午后，我便独自离开了旅社。主人一脸
吃惊地送我出门。而我也颇感彷徨。一方面出于
主人的忠言，另一方面，从我昨日亲眼所见的印
象来看，我无论如何都想象不出皮埃尔会对我青
眼有加。

　　出了旅社，暂且沿着森林走了一会儿，便看
到微微隆起的土地上一座石头建造的屋子。这就
是皮埃尔·迪法依的住所。这样的建筑在巴黎并
不稀奇，而在这个村子里，除了教堂，也只有屈
指可数的两三间，其他都是土墙茅草屋顶的简陋
建筑。这与我昨日远望时的景象没有什么不同，
那种淡然的景象深深吸引了我。墙壁上没有一根
常春藤蔓。南北方向各掏出一扇小窗，像是避人

眼目似的，只敞开一条小缝。看不到任何装饰，也不见家畜的踪影。

屋子精确地面西而建。正门口有一条笔直的小径，庭院中只有这条小径寸草未生，白白的，浮现在绿草地上。小径通向一扇栅栏门，与四周围得密不透风的栅栏连为一体。

终于到达屋前的我，片刻间却犹豫不前，促使我驻足于此的，并非仅仅是屋子本身的景象，而是紧贴屋后那片浓郁的森林所散发出来的威容。那些枝叶直指苍穹的高大树木，此刻正如燃烧的火焰映入我的眼帘。

若要用语言来形容的话，那里似乎充斥着一种全能、神圣，且巨大的破坏力，激昂澎湃、威灵迸射。我仿佛看到了将索多玛和蛾摩拉城①化为灰烬的硫黄大火，仿佛看到了剿灭一切淫荡的

---

①索多玛、蛾摩拉城：英文为 Sodom 和 Gomorrah。这是两座位于巴勒斯坦旁边的古代城市，据《圣经·创世记》记载，该城因居民邪恶、堕落、罪恶深重而被愤怒的神毁灭。这两座古老的城市估计已经被淹没在死海之下。根据地质学的研究发现，那块土地曾经盛产硫黄、沥青和石油。

制裁之火。黑暗郁积于森林底部，如同死尸喷出的黑烟；繁茂的枝条末梢，经过净化后，飞向天空，如同人的罪恶到达极点时散发出的奇异光辉。……眼前出现的幻景，让我在刹那间产生了身临其境的错觉。

幻景的冲击，将我带入另一段思绪。我曾经怀疑我们教义中有关恶之存在的说法。恶，如果只是对缺乏"善"的一种命名的话，为什么为之赎罪，需要瞬间的、无时限的制裁呢？为什么不能等待其善之本性经过长久的发展而显露或形成呢？……我不禁为之战栗。如果被造物被视为恶而不能存在的话，那么这火焰烧毁的就不仅仅是人的堕落。它烧毁的是这个善恶普遍存在的世界的根本秩序，是这个世界本身。不，不只是一个世界。眼前火焰那汹汹之势，将要吞噬的是整个世界与时空。那翻滚的火焰和令人目眩的光辉之中，闪现出某种瞬间即可实现的暗示和再生的戏剧性预感。——世界全面的实现与再生。而我从那浓绿色的火焰旋涡中，间或看到了我自己朦胧的身影。……

我的这一异常体验确实是瞬间所完成。几乎是瞬间的目睹，瞬间的战栗。我回过神来，记忆中那景象所蕴含的不可思议的力量，以及由此唤起的思索，令我感到诧异。那火焰就像燃尽的炭灰，与森林底部繁茂的小树融为一体，暗示着方才看到的幻景不只是幻景。……事实上，这次体验的确暗示着什么。回头望去，不由得觉得东北方这片森林里深藏着某种力量，某种与我们这个世界隔绝的、非同寻常的力量。——

敲门等待皮埃尔的工夫，我多少平静下来。此时的心境恰如梦魇过后的安心。

不久，屋里传来低沉的询问声。我报上姓名，并简短介绍了我由巴黎一路到此拜访的经过。皮埃尔慢慢打开了门。除了没穿外套之外，身上的装束和昨天一样，裹着一袭黑色长衫。头发整齐地朝后梳着，突出的额头上微微渗着汗珠。

与他正面相对，我有些不知所措。皮埃尔·迪法依站在门口，仍然一言不发，只是用他那冷静而透彻的眼睛端详着我的脸。为了引起他的兴趣，我首先谈了巴黎的托马斯研究状况。这个话题告一段落后，又提到了亚里士多德学说，就自然科学这一部分发表了论点相当不明确的见解。皮埃尔依然面无表情，只是默默地听着。就在我穷极言辞之时，他似乎想起了什么，垂下视线，转而又抬起目光，转身朝屋子里面走去。我迟疑片刻后，便把开着的门当成是允许我进入的信号，跟着他进了屋子。

微暗的房间里，首先映入我眼帘的就是声名远扬、长久以来未能见其真面目的、所谓的哲学家之希望——炼金炉。接着就像往常习惯那样，我开始搜寻书架，视线停留在上面摆放的各类书籍上。

书架占据了北面墙的大半，上下共有六层，

每层都塞满了书，没有一点空隙。书的数量庞大，无法在此一一列举，试举几个例子，大致如下。

有圣托马斯、大阿尔伯特注释的亚里士多德的《自然学》《论生灭》《后分析篇》等书；有波埃修（Anicius Manlius Severinus Boethius）翻译的波菲利（Porphyrios）所著的《亚里士多德范畴篇入门》，阿威罗伊（Averroes）所著、亚里士多德注释的文森特·博韦地（Vincent de Beauvais）的《自然镜鉴》等等。此外还有，查耳西蒂斯（Chalcidius）注释的柏拉图的《蒂迈欧篇》。再有就是罗杰·培根（Roger Bacon）的《大著作》《炼金术镜鉴》；陆路士（Raymundus Lullus）的《圣典》；尼可·勒梅（Nicolas Flamel）的《象形寓意图界解》；阿拉伯人贾比尔（Jabir）所著的《炼金术大全》。其余还有《神学大全》《形而上学注解》等圣托马斯的一系列著作，还有就是促使我踏上旅途的费奇诺的《赫密斯派文献》等。……

——只要看一眼书架就会明白，皮埃尔的藏书不偏不倚。以上书名只是我随意列举，奇书异典暂且不谈，与涉及柏拉图的书相比，亚里士多德的相关书籍较多，这恐怕是炼金术本身的性质和时代制约所致。——当然，在分析他的藏书内容之前，更值得我惊叹的是，在这穷乡僻壤里竟然有如此之多的藏书。不知题名的羊皮装帧的古书以及手抄本也数不胜数。看着这些书，我想象着他周游到这个小村子的经历。因为我觉得无论他采取何种办法，都不可能在此地搜集到所有这些书。

接着，我的视线离开书架，落到东面的墙上。东墙上挂着一幅画。画的是一只洁白的独角兽，站在焞焞火焰笼罩的湖中，低垂着颈项，湖水浸至腿中央。前腿微微弯曲，似要腾身而起，又像要屈膝俯卧，独角向下倾斜着，那样子既柔美，又刚健。

画框下摆放着一个方条桌。桌上靠墙立着一

座双头烛台和几根蜡烛，前面叠放着两三本翻开的古书。清澈透明的白蜡烛，不是我们日常所用的动物油脂凝固而成的蜡烛，而是真正的蜡制成的。

接下来，我又将视线转向了南面的墙，南墙窗户上方挂着十字架，下方摆着一个木柜，上面井然有序地摆放着各种标记着药品名称的瓶子。瓶子都是玻璃瓶，有的是圆形瓶身、筒状瓶颈，有的则呈三角锥形，还有的呈圆锥形，这些形态各异的瓶子与静谧安详的氛围相映成趣。

窗外射进微弱的光。

此时，我忽然想到了石头的沉默。若是由这些药品能生出传说中的贤者之石的话，那么，这片静邃或许正是它结合、凝固之前的沉默。这石头的沉默、坚强，且拒斥外界，内向而无边无际。如今它们尚未结合，仅以柔弱之势交织在一起，但沉默已酝酿其中。

但是，沉默并非仅仅存在于药品中。屋内的

一切事物都带有沉默的色彩。书籍、绘画、火焰、空气、蒸馏器、炼金炉、其他一切怪异的器具，终将与那些药品一起凝结成石，同样成为沉默的一部分。室内洋溢着的硬质的静寂，就是这无处不在的石头的沉默。

而身处这尚未成熟的沉默中心的，正是皮埃尔。

进了屋后不知何时，皮埃尔就将被屋中情景吸引的我置于一旁，又去工作了。而我丝毫没有察觉。仔细回想一下，似乎从我看到炼金炉时起，皮埃尔的身影就已经在它旁边了。我丝毫没有留意，忽视了那身影。不，与其说是忽视了，不如说虽然我看到了，却没意识到皮埃尔是一个活生生的人。这种说法或许很奇妙，但在我的眼中，皮埃尔就如同炼金炉的一部分一样。

皮埃尔·迪法依身子微微前倾着坐在椅子上，目不转睛地盯着炼金炉。没有干预的打算。火焰的光辉映照在他脸上，跳跃着，时而在他的鼻翼两侧和脸上的皱纹上刻下深深的暗影。他的表情一成不变，只有那么一瞬间流露出我至今尚未见过的不同表情。火焰侵蚀进了他的肉体，两者难解难分地结合在一起，没有一点异质感。看起来火焰并非映射着他，而是从他身体里显现出来。

……后来我才知道，我在村子期间，皮埃尔已经进入了所谓的白化作业阶段。这是炼金术主要作业中的第二个过程，仅次于被称为黑化的最初过程。结束了这个过程的作业，接下来赤化的过程再成功完成的话，就能得到所期待的贤者之石了。顺便解释一下，据说从前在白化与赤化之间还有一个叫作黄化的过程，但是皮埃尔并不认可这种说法。这并不是因为他固执于传统的硫黄——水银的理论，而是他现阶段基于实践、尊重实证的一种态度的体现。

看着他工作的过程，我竟然想起了幼时跑去街上的钟表店的事。那时，我也是这样，瞪大眼睛看着那些微小的机械以及伸长脖子盯着它们的钟表匠。在匠人老练的手中，表针前进，又倒退，被拆开，停了，又被组装好，再度运转。……那对于我来说简直是不可思议的事。

我那时怀有难以名状的敬畏之心。我并非仅仅敬畏他操作齿轮的技术。幼小的我，总是把钟表和时间联想在一起。也就是说，他的手中拥有着时间这种东西。——

这些回忆应该不足为信吧！或许正是如此。事实上，无论当年我所看到的情形多么真切，对此留下的印象，也只不过是后来增色添彩的结果。我恐怕只是怀着孩子般的好奇心和惊叹，来观察当时还很珍稀的齿轮表吧！因为，事实上，我对时间的不可操控性感到焦躁，是那之后很久的事了。

……但是无论怎样，此时我真真切切地感觉到，皮埃尔身上闪现着我在钟表匠身上看到并深信不疑的支配时间的能力。皮埃尔面对炼金炉时的态度，恕我直言，与我们做弥撒、领圣体时一样，具有仪式的庄严性和虔诚性。那是超越了日常生活，像是触及了某种崇高的存在时的态度。

对我而言，我仍觉得不可思议。因为我从皮埃尔身上获得的感触，与贤者之石这一未知物质即将告成的预感，没有直接关系。我从皮埃尔身上发现的这一超绝品质，或许没什么特别，只是炼金术这一行为本身所造就的。

我思量着，如果这一行为没有达到目的，那么这一行为本身就没有任何意义了。然而令我不可思议的是，这个仅作为作业手段的行为，却偏离了其目的，自身拥有了一个本质性的价值。常听人说，炼金术士重视技艺与人格的双重修炼。我不知道他们用什么具体的方法来实现这一目标。但是他们深信，炼金术士的人格会随着炼金作业的推进而得以形成。所谓炼金术，就是要获取贤者之石，然后将万物变成黄金，这一最终目的是不容置疑的。但是，这一目的下的炼金术作业本身，如果能脱离原本的目的，用于修身之术的话，纵然探求黄金成了白日梦，那么急于否定炼金术也有些操之过急了吧！当然，这里有个前提，就是要在炼金术是否是异端行为的辩争中坚持立场。这自然是以后的问题了，但是，我对此倒是多少有些期待。我不知道该如何表达这种心情。但是，如今我只是稍稍看了一下眼前的皮埃尔的样子，就可以肯定，我的期待是完全正确的。因为，他的神态中自然而然流露出来的不仅仅是他个人的资质，还有炼金作业未必能一开始就成功的觉悟。——

　　站在一旁思绪万千的我，同时感到一种难以言表的无奈。作为自然科学的炼金术，依然不是我能够完全理解的，但是可以感受到这个异端秘术中确实存在着我们这个世界渐渐丧失的、某种根源性的、强大的魅力。那究竟是什么，目前还不得而知。但是我似乎终于可以理解，从前大阿尔伯特为何着了迷般地研究此术的原因。……

这之后不知过了多久。我们没再交谈过，直到黄昏来临，屋内昏暗。一直未离开过炼金炉的皮埃尔，这时才慢慢转过头来，告诉我五日后再过来。说完便面色憔悴地瘫坐进椅子里。我接受了他的邀请，然后走到门口，又回头朝屋里看了一看。

寂静的房间里，只有炼金炉里的火焰，仍在熠熠生辉。

□

辞别了皮埃尔不久，我便被一个男人叫住。他名为乔姆。乔姆是一个壮年男子，在村里经营着一间打铁铺，身材矮小，面貌极其丑陋，不仅如此，两脚看上去还有点畸形。他不能从事农耕，只能以打铁为生，据说也是因为这脚上的畸形。

　　乔姆当时应该还不认识我，他抓住我仔细盘问我去皮埃尔家的理由。大致了解了情况后，便改口称赞起皮埃尔的为人来。赞美之词很是笨拙，想到哪说到哪，抓不住重点，不过我反倒因此见识了他对皮埃尔的尊敬程度。

　　在黄昏的余晖中，我认真听着这个满面疤痕的男人没完没了地说了好一阵子话。他自称村里只有他一人可以进出皮埃尔家，负责帮皮埃尔采买食材和其他日用杂物。后来又说起村里人的不是，每每还要寻求我的认同，还说皮埃尔的炼金术绝对不会是假的，因为他现在的生活用度靠的正是他所炼出的黄金。

　　乔姆的口吻，忠厚中透着卑微，虽然很隐蔽，但无不显露出牵制我的意图。他的喉咙深处像贴了破牛皮似的，发出沙哑的声音，这声音与身旁清澈的小河发出的潺潺流水声混在一起，像垃圾阻塞在河里一样，断断续续地流入我的耳中。

还未落山的夕阳，照在乔姆脸上，两个裂开的嘴角里积满了泡沫状的唾液，像一群吸满了血后全身涨红的虱子。

正当此时，身后突然传来一个女人的声音。女人是乔姆的妻子。

"我说你呀，不要太过分了，又在说那个恶魔老头子的事情了吧！要跟你说多少遍你才明白啊！跟那种人沾上关系，不会有什么好事儿的！赶快回家，你就不能偶尔照顾一下约翰吗？"

听了这话，乔姆突然如烈火般怒气冲冲地连声骂道：

"啰嗦什么，你这个恶婆娘！不要乱说话！你看，你这话让修士难堪了吧！还不快滚回去准备晚饭！"接着，像是顾虑我的感受，又像是自言自语，乔姆赔礼道：

"蠢女人，……哎，真是的，该怎么向您道歉好呢？……畜生，回去后决不轻饶这家伙。……

哎，真是的，让您蒙受了羞辱，……不，是那家伙太丢脸了，就是这样，……"

我抛开夸张地垂下头道歉的乔姆，转身朝声音发出的方向望去。

女人依然站在门口。她身材高大健壮，嘴唇像成熟过度而崩裂开来的果子似的，向外翻着。

我漫不经心地转过身，途中忽然有什么东西跃入我的视线，促使我再度朝皮埃尔家的方向望去。

屋边有两棵枝繁叶茂的大树，树中间有一个物体正在反复做着往返运动。仔细一看，原来是一个荡秋千的少年。

那景象让我不寒而栗。少年的嘴张得不能再大，却无声地笑着。头发飞舞，眼睛圆睁，脖子上青筋暴起。周身看不出一丝喜悦。不仅是喜悦，但凡人类一切感情似乎都被奇妙地隔绝了，只有笑脸如水中月般朦胧地浮现出来，快活地闪耀着。

少年以几乎快要把树枝折断的力量，一刻不停地荡着秋千。向前抛出的身体，像无形中被拉回的箭一样，荡向后方，又被抛出去。但是，箭绝不会射出去。刹那间定会被抓住，再被拉回来。然后，又放出去。拉回来，放出去。……

看了一会儿，我便不忍再看，移开了视线。这个游戏如果永远持续下去的话，会怎样呢？这不着边际的想象让我再次感到不寒而栗。

我转过身，乔姆还躬身站在那里。他嘴角颤抖着说：

"……是个哑巴。"……

□

返回旅社时，一楼的酒馆已经聚集了许多村民。太阳早已下山，酣乐的灯火从窗户泄漏出来，渗透到四周。

一看到我，村人们全都同时安静下来。从正门走回自己房间的一路，我不得不忍受这充满轻蔑的沉默。

走到楼梯边时，终于有一人开了口。

"嗨，修士，偶尔也和我们一起喝喝酒、泡泡澡吧！"

屋子各处传来笑声。男人也没想等我的回应，继续说：

"修士，听说您是为了见那个怪人，专程来我们村子的。真是辛苦了。喂，你说呢！"

在男人的催促下，另一个人发话了，还掺杂着其他几个人的声音。

"你要是见到了皮埃尔的话，应该也遇到乔姆了吧？"

"乔姆？"

"乔姆是谁？"

"不知道呀！谁是乔姆呀？"

"乔姆呀！"

"别装糊涂了。"

"就是打铁铺的乔姆。"

"啊！就是那个跛脚青衣啊！"

馆内哄堂大笑。几个人连声呼喊，"跛脚、跛脚……""青衣、青衣……"伴随着呼喊声，有人拍打桌子，有人踏响地板，还有人敲打着餐具。

我收回了已经踏上第一级楼梯的脚，转头看着他们。喧闹仍不停歇。喧嚣声中，一个人提高嗓门喊着。

"嗨，嗨，你们倒是给修士好好解释一下呀！你们看修士都摸不着头脑了。"

随即，屋子中央的一个男人腾地一下站起来，答道：

"哦，青衣嘛！就是老婆被别的男人睡了的丈夫，《旧约·诗篇》第一百五十三章里就是这么写的。"

众人捧腹大笑起来。

"胡说！"

"没有，我向圣阿鲁努鲁①起誓，这绝对是真的。……"

接着，这个男人换了嗓音，模仿雅各说教的样子，讲了许多关于乔姆的街谈巷议。——其梗概大致是这样：生来残疾的乔姆，一直讨不到老婆，在村边开了个打铁铺维持生计。一日，村里来了个像是吉卜赛人的女人。因为是个来路不明的女人，所以村里人谣传她可能是个娼妇之类的人，可是详细情况不为人知。只因魅力不凡，因此不出多时村里便尽人皆知了。这个女人不知出于何故，没过几天，竟然在乔姆家安顿下来。村人们当然都惊叹不已。听说女人已然嫁给了乔姆。然而更让村里人吃惊的是，女人没过多久便与刚到此地的司祭尤斯塔斯通奸。这就是乔姆被叫作青衣的原因。这女人后来怀了孩子，可是生

---

①圣阿鲁努鲁：365 天守护圣人之一，7 月 18 日的守护圣人，守护制啤酒者、磨坊主、失物者。

下来一看，竟是个哑巴，而且还有些痴傻。这孩子便是方才荡秋千的少年约翰。——

男人滑稽地睁圆双眼，兴奋地讲了这番话，然后得出如下结论。

"约翰肯定是那个酒鬼冒牌儿僧的孩子。这是神的旨意，也是神的惩罚。阿门。"

众人齐声喝彩，又是一阵哄堂大笑。……

那夜，我做了个梦。

旅途中，荒无人烟的路那边，迎面来了一群黑影。定睛一看，原来是麻风病人的行列。

我骤然停下脚步，站在路旁窥视走在前列的女人。微风拂起面纱的一角，露出女人光润、绯红的嘴唇。皮肤白皙晶莹，看不出一丝病态。——我立刻认出，她就是乔姆的妻子。就在我转换视线之时，突然注意到，他们手中必须要拿的摇铃早先开始就一直没有发出过声音。麻风病人行进时，都要大张旗鼓地摇铃来提醒旁人，而他们这个行列却如此出奇。正想着，他们在我身旁突然驻足不前。然后，扬起盖着面纱的脸，靠近我，开始在我眼前剧烈地摇铃。……但是，奇怪的是，发不出声音。他们显得有些焦躁，更加剧烈地向我摇铃。仍然发不出声音。见此情形，刚才提到的那个女人淫靡地扬了扬嘴角，其余人如同接到了暗号一般，一齐将摇铃举过头顶，更加剧烈地摇起来。从摇铃底部往上看，只见内部的铃芯不断震颤着。那芯很小，形状如同梨子一般，打向右壁，又打向左壁，然后又是右，又是左，右，左，…… 即便这样，还是发不出声音。我越看越狂躁。因为这一反复摆动像是要逼迫我想起记忆中的某个情景。

为了逃离他们，我后退了两三步。——与此同时，有人从背后拍我肩膀。然后在我耳旁低语道：

"是哑吧！"

……梦就此结束。

85

□

翌日，出乎我的意料，雅各·米卡艾利斯居然来拜访我。

雅各在教堂讲完道之后，让其他同伴先回村子，独自一人来到旅社拜访我。我正无聊至极，便接受了他的提议，跟他一同到村子西南边的山丘去。

天空分外晴朗。从山丘上俯瞰村子，它那奇妙的形状、村人的模样，尽收眼底。其中还有人朝我们这个方向恭敬地打招呼。他们都是雅各的信奉者。

我们在草丛中坐下来，轻松地聊了一会儿。我随着他聊了些旅途的闲话。随后，雅各介绍了自己的经历。他仅比我年长十岁，毕业于土鲁斯（Toulouse）大学，如今隶属于维也纳修道院。大约一年前，为传教来到了这个村子。

雅各像平日传教时那么饶舌。他啰里啰嗦地说了一番他现在的生活后，就把话题转向了村里面的事，口无遮拦起来。特别是说到村人们的不虔诚，他极尽不满地抱怨起来。

"……不远，现在已经大有改善了。我刚来村子时，连一场像样的弥撒都没做过。即便现在也只是一周一次，每次都在三点的祷告结束后才开始。……最近，更糟糕的是，好不容易做一次弥撒，年轻男女还是为了找朋友才到教堂来。举行严肃的领圣餐仪式时，居然有人窃窃私语，约时间幽会。……不用说，那个司祭尤斯塔斯的堕落是巨大的原因。——你看。"

说着，雅各指向那些正在村中玩耍的衣衫褴褛的孩子。

"因为司祭是那副样子，所以村里的孩子都是文盲。不是有伪信者一说吗？那个男人和这个称呼正相称。……"

我一边点头应承着，一边自顾自想着昨天听

村人们说的乔姆之妻与尤斯塔斯的事。

雅各继续细数着村人们的恶习，似是满腔愤恨无从发泄般，痛骂不止。

我越听越觉得，这个男人远比我更瞧不起村里人，我不禁大为震惊。……他这番话简直就是对村人露骨的侮蔑。

——我不知不觉移开视线向远方望去。从西面飘来的云，正徐徐穿过村子上空。大地像一片被波浪打湿的沙滩，笼罩在云的阴影下。

……然后，在我视线的尽头出现了——约翰。

哑巴少年和昨天一样，随着秋千剧烈地荡来荡去。虽然从此处无法看清他的表情，但想必也是在无声地微笑着吧！

乔姆并没有说他是白痴。或许那只是无心的村人们的恶语中伤，而我却对此深信不疑。但我心中却未萌生一丝怜悯，有的只是恐惧，或者不客气地说，有的只是无以言表的憎恶。我难以忍受那种漫无目的又毫无意义的游戏。世界上，似乎只有那一点奇妙地脱离了秩序，被一切关联所放逐，孤立地存在着。秩序就像被虫子啃噬的衣物，正在一步步走向毁灭。而且，我怀疑，恶早已脱离了善，游离于宇宙完全性之外了。想到这些，令人甚是不快。

我陷入了郁郁不安的思索中。约翰的笑脸，还有那几乎占了整张脸的幽暗的大嘴，看上去就像通往异界的可怕的黑洞，黑洞的尽头一个邪恶的声音回响着，嘲弄着神的创造力。我蓦然预感到，我在学问上所做的一切努力，终将因约翰这一点而化为乌有，归为泡影。然而，转念一想，那个暗洞里还躺着一条颜色淡而奇妙的长舌头，我不禁心生怀疑，这许许多多的不快，原本就以本质的形式存在于我要解决的问题之中。异界或许就存在于这世界中最为隐秘的地方吧！在我们通常所相信、赖以生存，且努力想要了解的这个世界的表层之下，隐藏着远比表层更丰饶、更复杂的广袤的一层，就在那里，神的创造意图更为明确地显现出来。——而如今能让我窥到这一层的，不是别的，正是这少年吧！

秩序或许在约翰身上被打破、被损坏。但是，如果我们所信奉至今的秩序，只是存在于表层的秩序；我在学问上的努力，只是对这一层面的努力，那么这个叫约翰的少年，不就是神为了让我们知道还有另外一层存在，而凿穿的一个小风洞吗？而如今，透过这个通向巨大世界的针孔般大小的缝隙，我第一次发现另一个层面。我再次想起约翰那无意义的运动。在那里，或许运动绝不会成就什么，只是毫无目的地无限地往返。或许，运动无须达成，便有通向存在的方法。或许，那里已经……这样想着，我又忽然心生怀疑。这些想法令人颇为不快。——这个世界的另一个层面。——我开始怀疑萦绕我内心的异界这一奇妙的直觉。我所认为的那个异界究竟是怎样的呢？是地狱，还是炼狱？不，这些终究还离不开神的怀抱，我所想的是与此完全不同的、神创造之外的世界。那个世界，避开宇宙统一主宰者所创造的普遍秩序，服从于另一个不同的秩序，或是原本就不知秩序为何物。这愚蠢的空想，让我想到了这个世界的内里还有另一层面存在。我想象着，脱离了个别"因"的秩序的"果"，并没有向其他"因"回归，而是脱离了普遍存在的"因"的秩序，在世界的最深处形成一层，并沉淀下来。现在，我正被这虚无的思索吞噬着。但是，把世界分为截然不同的两层，说起来只是我恣意的想法。世界，从被创造的那一瞬间开始，就浑然结为一体，其终极目标就是独尊一神。因此，与其说世界分成了两层，不如说是我的意识本身分成了两层，那个被凿穿的风洞，并不存在于世界，而是存在于我的眼睛里吧！约翰并不是被穿透的世界表层，而是神放出的一支箭，一支无法中的却直射人心的箭吧！……

我陷入沉思，或许时间太长了，雅各不耐烦

地转换了话题，将随身带来的一本书拿给我看。书的封皮上写着《异端审判实务》，下面写着作者的名字——贝尔纳·居伊（Bernard Gui）。

——直到此时，我才知道他是异端审判官。

雅各就包括摩尼教的诺斯替派（Gnosticism）异端问题询问我的意见。我稍加踌躇后，就其核心部分轻描淡写地说了两三句。雅各并不满足，又提出了具体的问题，我依旧只是暧昧作答。

他不高兴地缄口不语。

过了一会儿，雅各把书置于身旁，开始讲起人们所说的女巫之事来。按照雅各的说法，现在的异端审判，除了解释教义之外，民众中那些与恶魔直接发生淫乱关系，举行亵渎神明仪式的人，也是异端审判的对象。——顺便提一下，恶名昭著的英诺森八世（Innocent VIII）颁布女巫审判敕令，正是这之后两年，即一千四百八十四年九月五日。

"从去年开始，康斯坦茨的主教管区就举行了大规模的女巫异端审判。大多数被逮捕的人，当然都被处以了极刑，……"

雅各接着讲了自己为何熟知女巫知识的经过。一直身兼异端审判官之职的雅各，数年前遇到了道明会士英斯蒂道里斯（Henry Institoris）①，并承蒙他的启蒙。这里所说的英斯蒂道里斯，恐怕就是后来与司布伦格（Johann Sprenger）共同创作《女巫之槌》的那个海因里希·克雷默（Heinrich Kramer）吧！

接着，雅各又引用《出埃及记》中的一句"行邪术的女人，不可容她存活"，来说明给女巫处刑的正当性。这也是后来审判官们经常挂在嘴边的说辞。关于异端的问题，我甚是感兴趣，而关于雅各所说的女巫之事，我却无法轻易相信。雅各的见解中，存在着审判官身上经常看到的那种狭隘与守旧。如果说语言这种东西，原本应当

①英斯蒂道里斯（Henry Institoris，约1430—1505），是海因里希·克雷默的别名，出生于法国阿尔萨斯塞莱斯塔。他主要以"女巫理论家"而著名。

凭借理性的鞭杖加以锻炼，使其如肌肉般强健有力的话，那么，雅各的语言却附着了过多的感情色彩，徒增了脂肪而失去了均衡。

我除了无意义地敷衍，别无选择。

终于，雅各一边窥视我的脸色，一边问道：

"……说起来，您昨天见过的那个男人，怎么样？"

我忽然对他的提问感到不快，反问道：

"哪个男人？"我当然明白雅各指的是谁。

"就是皮埃尔·迪法依。……那个男人。"

"那个男人。"

我瞬间打断了雅各的话，想说些什么。——但是，却没说下去。

"……那个男人……"

当时，我是这么想的。雅各特地来旅社拜访我，把我约到这个山丘来，在此费尽心思说了一番话，终归只是为了问这件事吧！是想秘密调查此事吗？我觉得他是那么狡猾。我不假思索地反

94

问，也是为了表示反抗。

我当时打断雅各的话，就是打算为皮埃尔的嫌疑辩护吧！但是，正当我想要这样做时，有个念头阻止了我。

我不知道这是什么念头。当时我想起的只有里昂主教对我说过的那句话——"他确实是个有信仰的人"。主教为何能如此确定呢？我如今也想对雅各这样说，是因为我和主教心灵相通吧！主教向我言明时，也说服了他自己。我和主教之间的差别是，我在离相信皮埃尔还有一步之遥时，踌躇起来。

稍事停顿，我便急着开了口。因为过久的沉默，可能会让对方误解我原本的意思，这是我不愿看到的。

"……关于那个男人，我也尚不了解。……"

但是，这回答对于我来说，也确实是实话。

□

　　数日后，我如约再次拜访了皮埃尔·迪
法依。

　　这天皮埃尔依旧在进行白化作业，因为我的
到访，皮埃尔放下手头的工作，在书架前的椅子
上坐下来。受他邀请，我也跟着坐了下来。刺鼻
的药品味儿和古书释放出的枯叶般的味道，瞬间
冲进我的鼻孔。

　　皮埃尔依然沉默寡言。与人交往时和颜悦
色，努力迎合对方的心思，这种江湖人的习惯本
就与他无缘。他也不会礼节性地微笑，这天他对
我还是很冷淡，凛然之态，不容对方露出一丝的
不快。我再次觉得他是那么气宇轩昂。

　　坐定后，我对几天前狼狈周章、语无伦次的
问话表达了歉意，然后我细致入微、思路清晰地
询问了炼金术的理论问题。皮埃尔只在开始时问

我是不是托马斯主义者，之后再没主动开过口，偶尔点头应承"原来如此"，只有当我问他时，他才做出简短的回答。"原来如此"是皮埃尔的口头禅。每次我问他问题，他总是先说这句话，再点两三次头。然后，沉默片刻，才陈述自己的意见。"原来如此"这个词，听起来是那么深奥。而且，紧跟着这个词后的回答，让我觉得只有来到他这里，才能听到这番话。

随着我们交谈的不断深入，我发现我们在许多问题上意见都是一致的。但是，关于一点，我始终未能理解。在此，我并不打算详细论述烦琐的哲学问题。不过，这个问题是理解炼金术的根本问题，因此我想在此稍作说明。

事情是这样的。

皮埃尔相信，任何金属内部都有产生黄金实体的可能性。这种说法正确与否，暂且不论。按照他的说法，任何金属在自然属性达到极致时，都应该是黄金。但是，皮埃尔接着说，我们不可能从每一种金属中都能直接提炼出黄金实体，也不可能使质料即刻转化为形相①。为什么呢？因为，正如圣托马斯所指出的那样，"由于太阳热量的作用，矿物质的能量活跃的地方才能产生黄金的实体形状"。炼金作业若没考虑到这一点，得到的只不过是外表上类似金子的另一种物质。

为了解决这个问题，皮埃尔说明了创造贤者之石的必要性。

皮埃尔一面批评圣托马斯未曾言及贤者之石，一面再三强调贤者之石的必要性。如前所述，炼金术作业就是凭借贤者之石达成其最终目的。为了获取贤者之石，皮埃尔采用的是传统的硫黄水银理论。

这一理论基于亚里士多德的四元素论，在其经由阿拉伯世界传入我们这个世界的过程中，被赋予了奇妙的诠释。根据这一理论，通常所说的

①亚里士多德的核心思想为目的论，即用形相和质料来说明所有的自然现象。形相指事物运动的能动原理，质料指运动发生的材料。

98

土、水、空气、火四元素，能够还原为哲学的硫黄和哲学的水银二元素。此处所说的硫黄和水银当然不是指这两种物质本身，而是一种原理，土与火对应前者，水与空气对应后者，互不相容，对立存在。进一步来看，各自又被赋予了不发挥性与发挥性、可燃性与升华性，即炼金术术语中所谓的男性与女性这两种相反的性质。两种原质分别从某种物质中提取，通过相互结合，成为叫作青金石（lapis）的贤者之石的直接材料。这个过程经常被比喻为"结婚"。"结婚"之后得到的青金石，经过"杀生""腐败"，再次"复活"时，青金石就能形成贤者之石的实体性状。反复进行这个操作，就能获得贤者之石。

皮埃尔讲到"结婚"这个过程时，用了本质相互融合这一奇特的说法。而且，融合而成的新本质，丝毫没有损坏其原来的本质，相互矛盾地对立存在着。"死"后，这种状态如果还能存在的话，那么，所有对立将在合二为一的物质里得以消解。那时，完美的存在状态将在这合二为一的物质中清晰地体现出来。——

皮埃尔讲述的这一部分颇为隐晦，我叙述时不得不稍加补充。然而，我非常担忧，因为我的理解不够充分，从而错误地转达了这一理论。尤其让我犹豫不决的是，我不知该如何讲述这最后一部分。

皮埃尔所说的贤者之石的显现，就是说，它是实际存在的。那么这意味着什么，就相当明确了。炼金术士得到了显现为实际存在的物质的贤者之石，并任凭他们使用。

所谓存在，如果一定要解释清楚的话，就是纯粹的现实形态，通过这一形态，物质中便可产生黄金的实体形相，质料瞬间得以成形，同时一切金属变性为黄金。而且不单单是金属。按照皮埃尔的说法，但凡月下被造物世界中所有之物，其质料与形相将达成一致，不仅如此，任何缺失态（Steresis）都有可能向完全态（Entelecheia）

回归。人类当然也不例外。盲眼人可以重见光明，失聪者可以分辨声音，麻风病人将得到治愈。贤者之石之所以被称为万能神药，即缘于此。

然而，这是正常的行为吗？

我虽然认同皮埃尔的理论，但是我依然觉得那是个令人绝望的尝试。这绝望与其说基于理论上的谬误，不如说源自行为本身的傲慢。这毕竟是一种觊觎之心。谈话过程中，我曾几次想问皮埃尔对此事的看法，但都未能启齿。比如说，当人们目睹一幅美得无与伦比的邪神肖像画时，会怎样呢？我的困惑和他们一样。人们看到画着圣母或天使的绘画时，大致都能立即给出评价，或是指出不足之处吧！比如，天使翅膀上的每一根羽毛都应该更加光鲜炫目，或是圣母的眼眸不应该这样黯淡无神，应该画得更慈悲、更传神一些。不管这些评价、言辞多么拙劣，总还是能说出几句吧！但是，当我们看着一幅无比完美的异教神画像时，该如何评判呢？那当然是怪异的，然而完全予以否定，心中又觉得可惜。因为他身上的确散发着某种莫名其妙又难以抗拒的魅力。为此，人们努力想要具体指出其错误，但是一定会因不知从何处着手而无可奈何吧！因为那怪异的一点虽然存在着，但人们却什么也说不出来。

我无言以对。

皮埃尔面不改色地站起来，慢慢向炼金炉走去。望着他魁伟的背影，我眼前突然出现了一个为了人类而背叛神、盗取火种、忍受着万劫之苦却坚忍不拔的异教巨人形象。

过了一会儿，我还是忍不住开口问道：

"您所说的贤者之石，……其显现的存在，……是指，……"

这时，我脑海里闪过雅各的话。

"那个男人，怎么样呢？"

——我没能继续说下去。皮埃尔像是什么也没听见似的，在炼金炉前坐下来，我默默注视着他，不快的感觉渐渐占据了我的内心。这是对我自己的执迷而产生的不快。我想要对皮埃尔说的，也就一句话。但是，为了说出这句话，我必须把缠绕于其上的数条执迷的锁链一一解开并切断。这些锁链，或是来自皮埃尔的人格，或是源于这一学说所具有的魅力。但不管怎么说，都是因为我的懦弱，才使我无法当机立断地处理眼前的问题。

无奈之下，我只好收拾起带来的几本书，向皮埃尔告辞。皮埃尔像是完全理解了我的沉默似的，同样还我以沉默。我从他身旁走过，来到门口，听到静谧的屋内响起我自己惶惶的脚步声，那声音那么微弱，显得我自己那么无用。——

……离开之后，我不想回旅社，便漫无目的地在村中徘徊。此时，大多数村民，不分男女都已出门从事各种劳作。细想一下，来到村子这么久，直到此时我才初次想要观察当地人们的生活。

那些每到傍晚就光顾酒馆的男人，此时都阴着脸，茫然地站在枯萎的冬小麦前。有的人认出了我，也不理会，一直在干活，有的人则无奈地叹着气，朝我冷笑着。想起去年的冷害，他们还心有余悸。已经到这个季节了，气温还是没有回升。事实上，不只是冬小麦，几乎所有农作物看上去都病恹恹的。

还在里昂时，同室的修士就经常抱怨无法忍受在村里的托钵传教。我问他为什么，他回答说，村人们认为我们衣衫褴褛托钵传教不是因为清贫，而是因为怠惰。这个修士接着说：

"我被骂过好几次呢！向他们乞讨，他们就会说你应该自己去耕田、劳动。我不是说被他们骂而心烦，而是他们所说的话合情合理。正是因为这样，我才觉得难受。事实上，由于去年严重的冷害，村里也没什么食物了。我又怎能接受这些村人的施舍呢？我们什么时候变成这个样子了呢？

这样的修道院生活难道是圣道明所期望的吗？"

——我虽没有托钵传教，但也理解他的感受。如今我站在这些村人面前，感到非常惭愧，或许也是出于同样的无力感吧！

从村人们满是补丁、污迹斑斑的外套，很容易就能看出他们贫困的程度。久已不毛的大地令村人们焦躁不安。但是，他们并没有把怨恨直接撒向大地，而是把不满直指苍天。我好几次看到村里的女人们咒骂苍天"软弱"的奇特景象。而大地却作为苍天的牺牲者而备受怜悯。这种情形，在男人们那里也是一样。他们站在田埂仰望天空的眼神中，充满了轻蔑的神情。在他们与这片不走运的大地交往的过程中，似乎隐藏着什么重大秘密。因此，他们的劳动，以一种无以言表的气势震撼着我。我对村人的感觉，有点近似于嫉妒。

那是因为，他们之间几乎不存在贫富差距，劳动也是平等分配、共同承担。而且村里的土地，大多已被周边城市的富裕市民买了下来，在这里我从未感到被一个领主统治的拘谨。这个村子留给我的印象，总像是记忆长河中偶然露出的礁石，孤立无援。

——然而，谈到这个教区的司祭又如何呢？事实上，我这几日都在想那个叫作尤斯塔斯的司祭。正如他留给我的第一印象那样，尤斯塔斯是个平庸而堕落的司祭。村人们并不信服这个男人，而尤斯塔斯也肆无忌惮地侮蔑村人。僧院里常有两三个女子出入，她们在那儿终日沉迷于淫逸。我拜访他时遇到的女人们，或许正是这一类人。据说从撞钟到其他诸多公事，他都交由辅祭代理。就算不提他与乔姆之妻的事，其他关于尤斯塔斯的坊间传言也不胜枚举。他终日酩酊大醉，以至于村里四处流传着对基督极为不敬的玩笑，"葡萄酒喝到那种程度，尤斯塔斯的血绝不可能成为基督的血。"的确，尤斯塔斯的堕落已司空见惯。但是，正因为司空见惯，才越发引起我的怀疑。因为，我从他身上看到了某种衰弱。这种衰弱既暗示着过去生命力放纵后所剩的残渣，也蕴含着将来复苏的征兆。只要他依然终日酩酊，就没有力量将他引向痴狂。避人耳目的淫逸，毕竟与躁乱和狂热还相去甚远。还有那第一次见到时曾打动过我的教堂的祭坛，自从知道了是尤斯塔斯所设，便觉得都是卑俗、凡庸之气，热爱不起来了。我丝毫不想为他的生活辩护。尽管如此，我仍然对尤斯塔斯的衰弱抱有兴趣，是因为我觉得他的衰弱离我们实在是太近了。他的衰弱，是一个神职人员向不懂信仰的普通民众生活的堕落吗？似乎并不是这样。在我看来，他的衰弱是从一种极端的堕落转向平庸的堕落。更精确地说，是从某种本质性的堕落向边缘性的堕落衰退。而且，我认为这不是最近才发生在尤斯塔斯个人身上的事，而是很久以前就已经发生在我们所有人身上的事。犹如邪恶的原罪。……我怀疑我的臆断。因为，这一瞬间我的思考已经脱离了理性之枷，竟把尤斯塔斯的堕落与过着虔诚的修道院生活的修道士们联系在了一起。——

过了桥，一个女人叫住了我。因为村中风言我和雅各关系密切，所以我也多少获得了人们对雅各的信赖。这个女人也是听了雅各的传教而信仰基督的人之一。

女人恳求我倾听她的忏悔。在村子里，无论在何处我都会遇到这样的人。这是雅各的传教渗透于村中的结果。因为雅各告诫村人们，无论何时何地都可以忏悔自己的罪责。我和往常一样，默默地听她忏悔，听完后赠予她几句福音，便各自离去了。女人的告白虽然语无伦次，但奇怪的是，她那真挚的表情却鲜明地印在了我的心中。

接着，我又想起了皮埃尔。——

难道我因为单纯的尊敬之心，而分辨不清可怕的异端了吗？……

我反复思忖着郁积于我胸中的这一疑念。正如里昂主教所说，皮埃尔是有信仰的。他承认神伟大的创造力，也相信这个世界井然的秩序。这正是他要探究自然科学的首要前提。我之所以犹豫不决，没有对他的异端嫌疑采取毅然决然的态度，也是出于这个原因。皮埃尔从自然科学的角度阐释的炼金术理论，还是颇有魅力的。我还想说的是，自我在此见到约翰时起，我便陷入一种感觉而不能自拔，那就是这其中必然暗示着全面认识神之创造力的可能性。我怀疑，一直困惑我的问题的解决方法，就隐藏在炼金术如森林般浩瀚的奥秘中。

但是，还不仅仅是这些。我还惊叹于皮埃尔孤峭的性情、超然的气度。皮埃尔身上原本就有一种不可思议的异教徒气场。那究竟是什么呢？那是唯有他身上才有的吗？吸引我的正是他孤傲的性情。但是，令我惧怕的同样是他孤傲的性情。因为这是我与他之间存在的某种根本上的差异。

……我朝旅社走着，忽然想起从里昂主教那

儿借来，旅行前读过的《赫密斯派文献》中的一句话。

"……我在此大胆断言，地上的人是应死的神，天界的神是不死的人。"

我不知道这句话与皮埃尔到底有什么关联。但是，皮埃尔带给我的惊愕，与我在一般人身上所感受到的截然不同。

□

自那日起，我经常出入皮埃尔家。

皮埃尔对我的拜访并不厌烦，当然也没表现出欢迎的样子，只是默许我尽情翻阅书架上的书籍。藏书的大部分是手抄本，笔体与大阿尔伯特的一样，端正、秀丽。我最感兴趣的是写在页面空白处的注释。这些密密麻麻的记述，足以证明皮埃尔对自然科学的理解是多么深入、精确。

　　读了他的这些注释，我甚至有了学问上的新发现。——虽然如此，但我心中的迷惘却丝毫没有消散。

　　我像被什么魔咒镇住了似的。想要说清楚这种感觉非常困难。如果非让我说的话，我觉得这个魔咒就是皮埃尔·迪法依本人。

　　我到皮埃尔家，在他身旁看书，渐渐地，我开始觉得他所尝试的炼金作业是不容怀疑的、正当的实验。然而一离开他家，深思片刻，心中转而又萌生了怀疑他的不安。——不用说，那是对异端的不安。

　　我并不怀疑皮埃尔合理性的精神。他所阐释的道理非常明晰，至少在自然科学方面是这样，他那连续不断的实验记录极其详尽，考证也富有敏锐的洞察力。这让混迹在巴黎那些卖弄学说的人中的我颇为吃惊。但是，让我不可思议、无法理解的是，皮埃尔解释神的秩序时所表现出的冷静的理性，一遇到贤者之石这一庞大的观念时，就完全被吞噬，被熔解了。每每想到这里，我便不寒而栗。因为在我还不能解释清楚之前，我已经不知不觉有了这样的预感。

我曾几度想要构筑理论，驳斥贤者之石生成的可能性。但最终都想不出具体的方法。无论时间多么充裕，只要我一着手这项工作，就突然被一种空虚感所包围。而且，为了这项工作我试着建立了几个理论，但是，过不了多久，当我再次检验这些理论时，一定会因为它们的无力而感到失望，我甚至觉得，这样的计划原本就是不可能实现的。诚然，如若贤者之石真如我想象的那样是异端邪说的话，那么，我罄尽一切言辞也要将其驳倒！但是，我终不能如愿以偿。语言在这里显得那么无力。我与贤者之石这一观念的接触，就如同想在火山边缘用勺子舀岩浆，无法接近，也无法到达，只要稍稍触碰到它，语言就被燃烧殆尽。

我只能沉默，尽可能慎重地选择词语，学问上有不明之处，就不厌其烦地从书中寻求答案。我害怕与他争论，害怕判明这一学说是否是异端的那一刻。虽然我是一个积极护教的人，一个圣道明会会士。……

——另一方面，我们的交往也让我得以观察他的日常生活。

皮埃尔·迪法依的生活相当自制、规律。他的一天从晨祷开始，接着是洗漱，胡子剃得一根不留，然后开始炼金作业，九点课时准时用正餐，然后再去炼金，之后用晚餐，再研究一些文献后，做最后的祈祷，然后和衣睡在只铺了稻草的简陋的床上，这一天的作息如同行星运转般精确。他每天只在中午和黄昏用两次餐。食物以大麦或黑麦制成的黑面包和蚕豆、豌豆为主，没有肉食，也不用香料。这些都委托乔姆采买、料理，除了付给乔姆工钱外，乔姆弄虚作假的开支，他也不予追究。

我只和皮埃尔用过一次正餐。因为什么，我记不起来了。只记得印象中，乔姆一边准备两人份的餐具，一边惊讶地看着我。因为通常皮埃尔用餐时都要避开外人，不允许别人靠近他的餐桌，就连乔姆也不例外。

　　即便是不工作的时候，皮埃尔的举止也没什么变化。比如吃饭这一行为，他也赋予了它极其重要的意义。这从他饭前虔诚的祈祷和用餐过程中的沉默就能看出来。所有动作都缓慢耗时，且不发出一点声音。看起来就像结束了长期断食的人，在吃第一口食物时表现出来近似敬畏的安静和对眼前食物的真挚感情。他对生理上的欲求控制极严，但并不是贬低和压抑，而是通过赋予它们仪式感，让这些欲求高尚起来。这个时候，食物对于皮埃尔来说，虽然是异质的身外之物，但是在进入体内前早已与皮埃尔性质相同了。这一点在皮埃尔面对炼金炉时体现得最为真切，表现出与外界不可思议地浑然一体。

　我记得在这唯一一次共进正餐之后，皮埃尔与往常不同，竟主动开口与我说话。谈话内容大致是关于金属质料中如何能产生黄金实体形相的问题。很遗憾我没能记清楚详细的内容，倒是确切地记得皮埃尔提到的关于他自己的一段逸事。这可以说是我知道的有关皮埃尔过去的唯一一件事。

　年轻时，皮埃尔为了追寻贤者之石的秘密曾遍历诸国。有一段时间他曾在里昂近郊的矿山上担任监工。虽然在那里只生活了几年，但据说在每天来往的矿坑中，他有了几个关于炼金术理论的重大发现。而且确定物质中能生成黄金实体形相也是在这个时期。

　——我所知道的只有这些。但是，因为知道了这些，日后我对皮埃尔产生疑问时，总想从他这段往事中寻求答案。比如他的生活来源，就一直是我的一个疑问。特别是日后我一看到他有不可思议的行径，我便想从那段日子中寻求阿里阿德涅①的线团。

□

　　我拜访皮埃尔·迪法依几乎都是在上午，或是吃过正餐，太阳稍稍偏西的时候。其中一个原因是，一到黄昏时分皮埃尔就经常不在家。

　　刚开始到他家去的时候，我没注意到这一点。若碰上他不在家，我总以为是偶然。但过了一段时间，我开始觉得不可思议起来。因为在皮埃尔严格自律的生活中，只有黄昏外出这一件事是随性而行，不遵循规律的。某日傍晚，和我初次遇见他那天一样，我撞见了刚从森林回来的皮埃尔。我不禁愕然，因为他脸上露出我从未见过

①阿里阿德涅（Ariadne）：克里特岛国王米诺斯（Minos）的女儿，曾给前去迷宫杀死牛头人米诺陶洛斯的忒修斯（Theseus）一个线团，帮助他走出迷宫。

的憔悴。我禁不住问他原因。但皮埃尔并不回答。我又追问他为什么到森林里去。我之所以敢逾越平常分寸问这么欠思考的问题，是因为我早已对他的黄昏外出满腹疑惑，不得其解了。再加上谣传森林中有恶魔出没，村人们都不敢靠近此地。我想皮埃尔绝无不知此事的道理。为什么明明知道，还要去森林里呢？我极欲知道其中的缘由。

他仍面不改色、保持沉默。过了许久，才回答了一句——"为了第一质料。"然后就撂下我，关上了家门。——

我一时间竟觉得他的回答很合乎常理。他所说的第一质料，与亚里士多德的说法多少有些不同，这是炼金术中具有特殊意义的物质，所以我经常听皮埃尔提到它。皮埃尔认为它无处不在。因此，我觉得他去森林就是出于探寻第一质料这个原因。

但是，我心中又萌生了疑问。这样的理由即

便能说明他为什么外出，却不能说明皮埃尔为什么会毫无计划地这样做。再说，即便真是去寻找第一质料，为什么非要在黄昏时分去呢？又为什么非要放下当前尚未完成的作业，去寻找下一阶段要用的第一质料呢？我怎么想都觉得这不符合皮埃尔的做事风格。……

——在我知道真相之前，大致经历过以上这些事。

接着，某一天……

那天我并没打算去拜访皮埃尔，午后一直待在自己的房间里看书，没想到提前读完了那本书，想着再去皮埃尔那儿借一本，便在黄昏时分离开了旅社。

天空中流动的云彩仿佛剥落的树皮，妖艳的晚霞映照着小河的水面。太阳还未落山，月如残雪挂在天边。金星在西边的天空上闪耀着。

桥的尽头是乔姆家，约翰还在玩着往常的游戏。吊着秋千的枝条吱吱作响，像是在大声嘲笑他，无声的暗穴和由此伸出的长舌头像往常一样占据了少年的脸庞。他身后长着茂密的荆棘和几株苹果树。我看到他身旁站着一个女人，正一边给脚下的鸽子喂食，一边向少年投去充满憎恶的冷淡目光。村人说得没错，她确实眉宇堂堂，脸庞俏丽。然而，就我来看，她的美丽不算什么，倒是她那大大敞开的长衣衣襟，流露着肉欲气息。我的目光停留在女人厚厚的嘴唇上，她的嘴唇让我想起了前两天的梦，心中顿觉不快。

我快步从他家门前离开，赶往皮埃尔家。刚走几步，刚好看见皮埃尔的背影，他正离开家门向森林走去。我想叫住他。但稍加思索后，便放弃了这个念头，悄无声息地跟在他后面。我虽然十分清楚这样的行径是可耻的，但还是忍不住这样做了。那一刻，某种浓烈的预感像血液一样迅速蔓延至我的全身，驱使着我。

皮埃尔离开家进入森林后，便一边留意着周

围的动静，一边朝东南方走去。我稍稍保持一段
距离跟随着他。脚下是一条因经常踩踏而形成的
小径。皮埃尔借着右手昏暗的烛光，沿小径
前行。

　　森林已被淡淡的暮霭所笼罩，皮埃尔因而没
有发现我。蝉声四起，飞鸟长鸣。叫声愈是响
亮，愈让人感到周遭的寂静。头顶上覆盖着厚厚
的枝叶，偶尔有树叶和虫豸飘落下来。分不清是
蜜蜂还是牛虻的小虫子到处乱飞。我突然明白
了，这样的地方传言有恶魔出没是不无道理的。
同时，我还想起了曾经看到的森林大火的幻象。
这样想着，气定神闲踏入森林的我，一下子不安
起来。也许是心理作用，脸颊也热了起来。

　　——我感觉自己成了刚被投入森林大火的木
柴。……这时，我看见前方的烛火就要熄灭，不
由自主地发出声来。没想到烛火只是晃动了
一下。

　　我感到背上冒出了汗。这流出的汗水，不仅

仅是独行所致。我想到了某种魔性，溢出的汗水滑过背脊的痕迹，就像被黑色的利爪抓过后留下的一条伤痕。

森林里好象弥漫着它刚刚排放出的废气，让我感到呼吸困难。这大概是瘴气吧！每次呼吸，都犹如重病缠身般不快。……我也想过要返回去。但是，每到此时就有一股难以形容的可怕力量催促我不得不继续前行。

走了一会儿，听到皮埃尔涉水过河的声音。这条河正是前面提到的那条把村子一分为二的小河，更准确地说，是它的支流，在森林出口处与主流汇合。这是我后来才知道的。我小心翼翼生怕发出动静，总算过了河。河水刚到小腿，却透着不合时节的冰冷，仿佛周身都被洗净了一般。

渐行渐深，暮霭也愈加浓重。也不知走了多远，回头望去，黑暗中只见森林像格子一样交织缠绕在一起。这时，烛火终于在石灰岩壁前停了下来。这旦应该是村东侧看到的那一片险峻峰峦的山脚下。皮埃尔在此又四处张望，确认周围安全后，举起了右手的烛火。烛光映照下，岩壁上现出一个洞口。那洞口如同一道裂痕，呈细长菱形状，宽度恰好容一人勉强通过，四周被缠绕在一起的常春藤覆盖得严严实实。洞内又是另一片黑暗，仔细观察，似乎越往里走洞穴越窄。

皮埃尔换上新蜡烛。然后从怀里取出剩下的蜡烛和引火木条，确认一番后，才举着烛火潜身进了洞门。我从藏身的大树阴影里走出来，紧盯着他的行踪。站在这儿，我逡巡起来。跟踪皮埃尔的心意并没有改变，只是洞门后的黑暗令我望而却步。我感到恐惧。但是，这恐惧并非单纯源于对未知黑暗的不安，而是那洞口处似乎有一股莫名的力量正温柔地诱惑着我，我的恐惧就源于这既让人向往又令人不安的力量。我越是想从中逃离，想要进去一探究竟的欲望就越是强烈。

我最终还是难以抗拒这一力量。

那渐渐远去的烛火，让我觉得那么亲切。然

后便义无反顾地追了上去。我追寻着。眩晕中，我看到黑暗与火焰在远方泛起霞光，一会儿逼近我像是要把我吞没，一会儿又逃向远方。……我朝着那火光兀自前行。

□

——过了许久，我的意识才多少清醒过来。

洞窟内部，又湿又冷。

我穿过一大段令人憋闷的窄路，来到一个天井高、路面宽的地方。皮埃尔的身影还没有跟丢，这让我梢稍放了心。这里离入口已经很远，回头已看不到洞口的影子。外界的光完全照不到这里，洞内只有皮埃尔拿着的那盏烛火发出微弱的光。借着这微弱的烛光，才勉强看到周围的样子。前方是一片冻结成瀑布般的岩壁。岩壁在顶部形成一个巨大的穹隆后，以倾流而下之势直达地面，那气势原本应该经历很长一段时间缓慢形成，却呈现出瞬间形成之态。

水流轰鸣着，被润泽的象牙色岩石的沉默所吞噬，于岩石之下涌动着。岩壁左右对称，中央一片黑暗，杳杳冥冥没有尽头。而我周围几无光线，且石笋嶙峋，脚下起伏不断，好几次我都不得不双手拄地而行。

奇怪的是，这段时间里，我为了求取光源，不经意间会非常接近皮埃尔，而且几次被石头绊倒，发出的声音回响于洞中，皮埃尔却始终没有回头看。

我不认为皮埃尔没有任何察觉，也不认为他是察觉到了却佯装不知。这到底是怎么回事呢？

大概是没察觉到吧！或许皮埃尔跟我一样，被那种难以抵抗的力量吸引着，不得不一直往前、往更深处行进。……按理说，他如此避人耳目地来到这里，只要稍加留意就可以避开我。——不对，他这么小心，一定注意到了我，这么想才合乎情理吧！……他注意到我了吗？再或者，虽然他已经注意到了，但为了不动声色地将我引领至此，才头也不回，话也不说吧！……

不管怎样，我的确已经被引领到这儿了。

走到这里，我已分不清前后，只能跟着皮埃尔前行，即便这样，我还是能隐约感到我们正往地下深处走。小径向下延伸，随着路的走势，不时出现两三尺的落差。我有点喘不上气来。从先前走过的宽路，转入这条窄路，已经走了很久。水滴顺着低矮的天井流下来，濡湿了我的头发，地下河的细流浸湿了我的袜子。在这个深寂的洞穴里，从石头上滴落的水滴，如跳动般发出规律的声响。背上的汗凉了下来，我感到一阵恶寒。皮埃尔仍然没有回头，步伐稳健，只有在烛火快要熄灭的时候，才稍稍停下脚步。

我一边走，一边想着刚才选择的那个岔路，不由得打起冷战来。因为我选择这条路后没有做任何标记。走到这里，经过了几条这样的岔路，也完全记不清楚了。我为自己的粗心大意懊悔不已，且开始怀疑自己能否活着从这里走出去。

……后来，我们来到一个水流稍多的地方，道路也变得开阔起来。前方发出微弱的光。好像被抓在掌心里的某种虫子发出的微弱的光。我怀疑那是蜡烛的火光，但好像又不是。

光朦胧地笼罩着那一带。

经过了一片平缓开阔的地势后，洞里豁然开朗。望不到尽头的天井掩映在黑暗中，借着洞底泛起的微光，那些垂下来的钟乳石看起来像飘浮在空中似的。下面浸满了水，石笋钻出水面，精确地与上面的钟乳石上下相对。其中有些钟乳石和石笋已经连在一起，形成了石柱。石柱的老幼一看形状便可推测出来。刚形成的石柱比较细，中间用一只手就可以握住，而最古老的石柱，则歪歪扭扭像座小山。也有一些石笋还沉在水底，上面的钟乳石却大得出奇。——而现在，这些钟乳石都静静地到映在光如镜子的水面上，如幻景一般。滴石那光润白皙的肌肤，迎着光的地方透出黄金的色泽，背光的地方露出被侵蚀的深深的痕迹。

在许多滴石中央，屹立着一根巨大的石笋。光源似乎就在那里。然而，发光之处正巧被皮埃尔魁梧的身材遮住了。躲在他背后的我，一直看不到光源，只看到了皮埃尔身影的外围，也就是发光体周围的景象。

——那景象是这样的。

石笋笔直地伸向上方，在四分之一处变细后，再度膨胀开来，然后缓慢地与钟乳石的最下端相接。与它成对的钟乳石的形状几乎与它一模一样。高度都有三人高。就在两根滴石即将接头、融合的地方，留有一条两根手指粗细的缝隙。这条缝隙闪烁着存在的预感，孕育着比成熟、存在更加实在的紧张感。

支撑石笋的底座像熔流下来的蜡液，此起彼

伏地凝固下来。稍稍伸出水面的部分，从根部到水面全都被玫瑰花所覆盖。按理说洞内是长不出花的，然而这些玫瑰却只在这一个地方奇妙地盛开着。每一朵花都处于即将开放的状态，像刚切开的肉一样绯红。周遭飘溢着馥郁的花香，预告着开花的瞬间即将来临。光如面纱般笼罩在这一切的上方。……

——那是多么不可思议的光啊！过了片刻，我才略微平静下来，将身体隐入旁边嶙峋的岩石缝隙里。这样做也是为了能亲眼确认光的源头。

我移动着视线，终于光源尽现于我的眼底。

关于以下我要讲述的事，以及有关这个洞穴的所有记述，人们若是诋毁这只是幻觉，我将无从反驳。而我的确是亲眼所见。但要是有人说，你也只是看到而已，那我也无言以辩。或是如村人所说，森林里有恶魔，并毁谤我也受到了其巫术的蛊惑，我则甘愿接受他们的毁谤，在主面前忏悔我的懦弱。这些都无所谓。我所看到的一切真真切切地存在于这个世界，一想到这些，我更愿意承受他们的毁谤。

巨大的石笋上，现出手臂、乳房，现出低垂的脸庞，还有腰间的阳物。身上一丝不挂，只有头上戴着荆棘与蛇复杂地缠络在一起的头冠。荆棘中的花与胸下的玫瑰花一样半开半掩，闪耀着艳丽的绯红色，蛇绕头盘成一圈，在额头上咬住自己的尾巴，首尾相接。手肘和膝盖以下都埋在岩石中，背部附着于岩石之上。仔细一看，手腕和腹部间的空隙、两腿间的空隙都浸满了石头。

一根装饰华丽类似棍杖的东西，从阴囊后面，或者应该说是从阴门里进入，从颈部伸出，贯穿于肉体。上面也缠绕着荆棘和蛇，不同的是，此处有两条蛇，相互咬着彼此的尾巴。穿过颈部的棍杖顶端，就像这洞中的石笋，小而锐利，呈现出枪尖的形状。与顶端的质朴不同，从阴门里垂下的末端有较为复杂的工艺。顶部有一个鸡蛋大小的球，上面有着圆形与菱形组合而成的标记。圆的内部呈纵长的椭圆形，菱形嵌于其中，四点与椭圆相接。菱形内部越是接近左右顶点的地方越浑圆，水平对角线缩短，形成了一个无棱角的菱形。这各种形状上下两点相接，形成贯通于棍杖的一条直线。

整个肉体，乳房丰满、柔美，线条最为清晰，腹部与肩膀结实、强健，这两种截然相反的性质，由一根棍杖统御、整合于一体，保持着岌岌可危的平衡。周身肌肉紧绷，像是就要从岩石中脱生出来似的，又像是极力抵抗着不被石头吸进去一般。然而这样的动向，因乳房周围的脂肪而镇静下来。愤怒的肌肉被脂肪裹挟着，在蓄势待发的瞬间停下来。因为脂肪志在保持身体的静谧与停滞。

那种对立也呈现在脸上。紧闭的双眼，分不清是因为痛苦，还是因为困倦。眉间隐约可见的几条皱纹，预示着哀愁还是快乐？这个谜尽收于高耸的鼻梁，并永远地隐藏起来。脸际线紧收，下巴的曲线像未成熟的果实般平顺。遮掩着脸颊的头发，既像成群的爬虫，又如瓮中倾泻而下的清水。

——这一切都闪耀着金色的光辉。

是石像吗？我产生了怀疑，但很快便放弃了这个想法。因为我的的确确感觉到那个东西是活着的。那么，它到底是什么呢？是人吗？或许它真是人。但是，即便它是人，那也既不是男人也不是女人，或者既是男人也是女人。这样的东西能称之为人吗？接着我想，这个被困在石头中的东西，莫不是坊间谣传的炼金术的人造人？这个说法似乎有些道理。但是，这样一想，我禁不住进一步臆测起来，说不准那正是从天而降成为黎明之子的晨星，我甚至想，那不会是被神之雷霆击落的堕落天使吧？但是，这些想法连我自己都不能相信。它的身姿，放在恶魔身上来说，太过美丽了。那么，它是天使吗？……

我感到眩晕。它发出的光是那么微弱，不足

以显示上天的恩宠。而且，它的肉体并不完美，那强烈对立的性质眼看就要分裂，终免不了解体。

这个双性同体人（Androgynous）确实还很年轻，透着一种明快的感觉。但是，这所谓的年轻，恐怕经历了几百年，甚至几千年的矿物成长期，换句话说，是在慢慢变老中获得的青春。这么说是因为，它所显现出的明确性，已经从内部开始显现出混沌。混沌难于解决，不外乎是因为衰耗。所谓衰耗，就是衰老。年轻原本就是止于表面的性质，故而并不存在内部一说，所谓深入到内部其实是表面体积的无限扩张，无论多么想要浸入内部，其所能达到的程度必然是与表面相同的状态。但是，这强质的单纯性是多么脆弱啊！正如纯金比合金更容易毁坏一样。——不过，如今我眼前的双性同体人的肉体与此正好相反，是经过好多次精细的衰老才得以形成的。因此，年轻并不了解原本就相伴而生的凋落。也就是说，衰老成就了年轻。衰老先于年轻，却不会继年轻之后再延续下去。年轻的尽头还是年轻。因为正是衰老促成了肉体的年轻。……

我转过头去看皮埃尔。

没料想一直伫立在水边，守望着双性同体人的皮埃尔，此时却向前走去。倒映在水面上的许多滴石在他脚下四散破碎，金色的碎片如野火般迸射开来。洞内波纹摇曳。水很浅，刚刚没过膝盖。

来到中间的石笋处，皮埃尔踏过玫瑰花丛，站到石人面前。然后从石人埋于石笋的膝部开始，到低垂的头，仔仔细细地打量了一番。

随后传来皮埃尔低沉的叹息声。我看不见他的表情。只见皮埃尔伸出颤抖的双手，用手背轻轻撩开石人的头发，触摸着双性同体人的脸颊。之后，他的两根拇指停留在它脸上，其余手指伸向颈后，两个手掌轻轻托起它的脸庞。接着，拇指划过鼻梁，抚摸过嘴唇，然后是下巴。手继续向下滑过脖颈，抚摸肩膀，描摹着乳房的曲线，落至腰际，直至男根。皮埃尔把它握在手中，嘴唇紧贴在双乳之间。他顺势弯下身去亲吻男根，伸手探查阴囊后的女阴，然后收回手，将触摸过女阴的手指放在嘴上亲吻。

——面对冷艳的肉体，皮埃尔恭恭敬敬地完成了这一连串动作。此时，一滴水珠从上面的钟乳石上滴落下来，顺着石笋滑落到双性同体人的肩上。……

我感觉汗水濡湿了衣领。这不仅因为紧张，也因为洞内异常的温度。从钻进洞来到现在，我一直冷得直打颤，完全没有热的感觉。直到我看到那个巨大的石笋时，我才觉得全身开始温暖起来。而且不知道何时开始，竟热得汗流不止。我迫切想要呼吸外界的空气。这儿的热很奇妙地让我感到亲切，同时又让我感到憋闷。——这温度恰好接近体温。

皮埃尔离开石笋回到水边。然后从怀里取出新蜡烛，对着旧蜡烛的火将其点燃。

　我勉强敞开领口，呆呆地看着他。此时我想起了雅各谈起的关于魔女的仪式的话题。偏执的雅各说过的话，大多成了我的耳边风，只有这夜宴渎神的仪式，因为过于异常，所以留在了我的记忆中。在此我不想详细描述那些忌讳的内容。我只想说一点，就是他们在仪式开始时要亲吻恶魔的臀部，以此获得参加夜宴的许可。当然，在这个洞窟中，除了我和皮埃尔还有那个双性同体人之外，再无他人。这里并没有举行夜宴的迹象，就算有，我也不认为皮埃尔会参加如此愚蠢的集会。反埃尔亲吻了石人的乳房和两种性器。但是并没有亲吻臀部。……尽管如此，我还是觉得皮埃尔的行为与所谓的魔女的仪式之间存在某种说不清的联系，想到这儿我感到不寒而栗。皮埃尔当时看起来好像确实参与了这世间没有的什么仪式。

　黑暗中亮着的烛火细长的影子，在皮埃尔憔悴的面庞上晃动着。他脸上虽然露出疲劳的痕迹，但同时洋溢着再生的强烈的预感。

皮埃尔从我身旁走过，踏上了归途。我真想独自留下来，好好看看那个奇怪的、令人无从判别的东西，它是男还是女，是人还是动物，是恶魔还是神的使者？但是，我放弃了这个想法。我必须尽快离开这里，到外面去。理由我不清楚，只是冥冥中觉得，我如果稍有迟疑，就别想再从这里逃出去了。——

好不容易来到洞口时，我发现已经入夜了。黑暗不知何时从地底下爬出来，肆无忌惮地在森林中扭动着它巨大的躯体。我躲藏在岩石后，直到皮埃尔的烛火看不见为止。我的意识已经清醒。——不管怎样，我不用再着急了，在这片森林里，即使迷了路也无大碍。但是皮埃尔会回头张望吧！那样他一定会发现我的。——我这样告诫着自己。……

我静静地注视着烛光渐渐远去。

背后袭来一阵寒气。

飞鸟时断时续的鸣叫声划破夜空，在我头顶上盘旋着。

夜吐着沉重、温和、如野兽般的沉睡气息。

□

差不多就在那一天前后，村子里开始流行奇怪的间歇热病。最早的死者出现在施洗者圣约翰节①的第二天。隔了一天，又有一个人死亡，又过了两天，一下子死了三个人。

村里人都把这病称为圣安东尼之火②。这疫

①施洗者圣约翰节在每年的 6 月 24 日。
②圣安东尼之火：实际上就是现在所了解的麦角碱中毒。麦角最先出现在中世纪早期，是那时突然暴发的一次让千人大批中毒的原因。麦角病一度成为人、畜的大害，被称为中世纪的恶魔。它曾在中世纪的欧洲横行了几个世纪，被称为"圣火"，使大批孕妇流产，一次又一次地夺去了数以万计的人的生命。麦角中毒者的救命恩人是圣安东尼。救治这些病人的主要是安东尼的信徒们。因此，麦角碱中毒又被称为圣安东尼之火。

病虽然声名远扬，可我至今都不知其究竟，也不知道这病名是否正确，总之席卷村子的怪病，远远超过其谣传的速度，瞬间吞噬了许多肉体。

——疫病还波及了人的精神。村里人因遭受冷害，长久以来一直在贫困中挣扎。偏偏这时间歇热泛滥起来。

村子各处不必要的纷争四起，每晚的酒宴几近疯狂。娼妇从一个房间转到另一个房间。他们喝光了一年的葡萄酒。另一方面，他们贪婪地寻求信仰的庇护，因此来找雅各和我的村人络绎不绝。这都是因为疫病开始夺走人的生命，他们便瞬间如决堤的潮水般涌来。

村里人想起了曾经猖獗一时的黑死病，非常恐惧。记忆吞噬了人们的不安，径自膨胀，让人们觉得更加不安。——但是令他们感到不安的，还应该有外在的因素。

几乎就在间歇热流行的同时，村里开始流传一类谣言。大致是这样的：每天，晚霞尽染的傍晚时分，西边天空中就会有巨人出现。我将那些自称亲眼见过此情景的人的话拼凑起来，了解到了谣传的详细内容。他们为了形容巨人极尽言辞。他们的话令人难以置信，但我却从中发现了几点惊人的相似之处。其中之一就是他们都执拗地强调巨人之巨。据他们说，他们把头从左转到右，才能勉强测量出巨人一只脚的宽度，巨人体毛粗如树干。天空能显现出来的只是他的下半身，腰部以上都隐藏在更高更远的云层里。还有一点就是，巨人出现时必定是男女双体，在丘陵那边，像野兽一样激烈交合。见到这情景的人据说当时还听到了暴风雨般的轰鸣声。

在这个谣言尚未传开之前，就曾有一个来拜访我的妇人，说出了这样的忏悔词：

"……我看到了多么骇人的东西啊！那是两个人，而且……从后面纠结在一起！"

我自己没能亲眼确认。但是，谣传却愈演愈烈，我也观察了几次。巨人出现之时，一定是豪雨接连不断之日。日落后不久开始下雨，伴随着雷鸣一晚上下个不停，而黎明前却骤然放晴。然后，旭日东升，天空赫然出现彩虹。

有时我会整夜耽于思索，这样的早晨经常会看到彩虹，它绚丽地挂在天边，巨大而美丽，霞光四溢，威严而温柔，且神圣无比。它就像大地所有生物与神之间立下的契约的标记。疫病日渐在村子中蔓延，越来越多的人目击了巨人的身姿，豪雨造成河川泛滥。人们望着雨后平静的天空，眼神中充满了不安与不逊的愤怒。就在这时，彩虹悠然现于眼前。——我曾多次为这样的景象所震撼，为它的力量所震撼，那力量熟知我们所有的罪恶，成为我们与神之间立下的永恒的契约的标记，并保守着巨大的沉默！

……一日午后，我在教堂附近被尤斯塔斯叫住。他如往常一样神情怠惰，带着冷笑，对我说道：

"嘿，你这家伙，怎么也跟村里人吹嘘起有关女巫那些荒唐的谣传了？"

我没明白他的意思，于是，尤斯塔斯继续说道：

"把这里发生的异常之事，全都归咎于女巫，你不是这样教唆村里人的吗？……"

——我从尤斯塔斯那里得知，几天前，雅各频繁地在教会里传教。雅各说冷害、疫病的蔓延、豪雨，这一切都因女巫的妖术而起。人们也确信不疑。如今来听传教的人已有过去的一倍之多。雅各还对他们说，村子里确实有女巫，这个罪恶深重的家伙应立即悔改，主动认罪，否则罪责会越来越深，除异端之罪外，还要加上偏执之罪。

雅各给了村人们十天的期限。这是昨天发生的事。

尤斯塔斯所言，让我感到些许惊讶，但却不曾怀疑。事实上，尤斯塔斯所言不虚。我觉得自已多少该负点责任，便去找雅各。此外，尤斯塔斯骂我是"主的猎犬 Domini Canes"①，这也是让我下决心去找雅各辩驳的原因。但是，事实上，我主要是担忧村人，特别是皮埃尔。因为在没听说雅各传教的那番话之前，我已经听很多人在谣传皮埃尔就是那个女巫了。

……然而我的尝试并没有奏效。雅各根本不听我说话，只是不断重复着他对女巫的看法。其论调听起来比以前更加不明确，即便如此，告别时他还补充说：

"我觉得您也是知道的，不要再跟那个人有任何瓜葛了。……我并不讨厌您，我不愿把您牵扯到异端审问中来。"

他话里隐含着恐吓的味道，使我感到不快。于是，离开雅各的住所后，我便故意反叛似的急着去了皮埃尔家。

①道明会因其创始人圣道明谐音赢得"主的猎犬"（Domini Canes）的绰号，其标志是一只口衔熊熊火炬的狗。

142

皮埃尔与平常别无两样，正埋头于炼金术的作业。自从那日去了洞窟之后，这还是我第一次来找他。我一边找着合适的理由，一边进了屋。皮埃尔还是默不作声。

我在屋里的椅子上坐下来，稍稍调整了一下呼吸。这时我竟不知道自己究竟为何而来了。我的确是想跟皮埃尔说什么来着，但是，说什么呢？……

我瞥了他一眼，他的样子看起来跟往常没什么不同。关于自己身上的异端嫌疑，皮埃尔应该知道的吧！我寻思着。如果他不知道，我斗胆来告诉他此事又有什么意义呢？我犹豫不决。

如果知道的话，皮埃尔会放弃实验吧！——不，这是万万不可能的。那么，我是不是应该劝他离开村子呢？他原本就是经历了漫长的旅途后偶然来到此地的，再次踏上旅途应该不是那么难以决断的事情吧！……可是我究竟以何等理由才能劝他这样做呢？要是他表示反对，我又该如何回答呢？也就是说，为什么这些实验就是异端呢？……长久以来，我的确预感到这些实验是异端。如今这种想法也没有改变。然而，我不顾自己的立场，不知不觉来到他家，不就是因为我不想让皮埃尔成为遭人唾弃的异端，而想要拯救他吗？——既然如此，我必须告诉他。……但是，说什么呢？……

我讨厌这无意义的沉默，于是无聊地玩弄手指，假装盘算着一些细微的什么。我从大拇指开始，每数一根就点一下头，数到小指，就歪歪头做出像是思考什么的样子，然后再从拇指开始。之后，我走到书架前，随手拿起一本书翻着。皮埃尔什么也没问。

……我一边重复着这些无意义的动作，一边想着如何开口。但最终我还是什么都没能说出口，只是问他是否可以借给我两三本书，然后就准备告辞了。皮埃尔答应了。然后，隔了片刻，他这样说：

"如果我发生了什么事，这里的书就由你处置吧！"

□

那天我没什么可做的，就在旅社的房间里读着从皮埃尔那儿借来的书。过了中午，用过正餐后不久，一个年轻女人来找我。女人疾言倨色，连珠炮似的说着让人摸不着头脑的话，我劝她先坐下，然后再讲给我听。女人仍旧无法平静。她说的好像与村中刚发生的事有关，我还是听不大懂。女人想到哪儿说到哪儿，断断续续地说是牛死了，又说桥怎么样了之类的话。就在这时，窗外骚乱起来。我没朝窗外看，想着大概又是村人之间起了什么纷争。

但是，这时女人却突然害怕起来。我问她原

因。女人不答话，只是沉默着。

我忽然不安起来。这女人莫不是疯了吧？我之所以这样想，并不是没有根据的。因为，最近村里这样的人并不算少。

过了一会儿，喧闹声平息了。我虽然挂怀，但还是没有出去察看。

这期间，女子一直盯着我。我没办法，只好默默地与她对峙。……

又过了一会儿，有人敲门。我问是谁，应声的是旅社主人。他脸上也闪着慌乱的神色。

"发生了什么？"

"……雅各先生，还有他带来的人，刚才去逮捕女巫了。"

我瞪大了眼睛。

"女巫？……然后呢？"

"是，说是要立刻带到维也纳去，在那儿接受审判。"

听到这些，我不禁愕然，自然而然想到了皮

埃尔身上。但是，为了确定此事，我不得不拐弯抹角地问他。

"您看到那个人了吗？"

"是雅各先生吗？"

"不，我是说女巫。"

"是的，的确看到了。"

"那是，……"

"………………"

主人缄口不语，我立刻断定，是皮埃尔确定无疑。主人大概是不敢在我面前说出皮埃尔的名字吧！因为他一直都不赞同我和皮埃尔交往。……可是，距离雅各规定的自首的期限，应该还有一些时间。既然如此，就不应该强行逮捕。皮埃尔接下来会认罪吗？认什么罪？让村里疫病横行，还是降下豪雨？……真是太愚蠢了。

——但事实是，那只是我的杞人忧天。被逮捕的并不是皮埃尔·迪法依。

□

　　我撇下旅社主人和女人，急忙往外跑，此时雅各一行已不见踪影。我只好又回到房间。二人正悄悄地交谈着。我向他们道了歉，并询问详情。

　　他们所叙述的事情经过是这样的。

　　今天一大早，在村子南边农户的院子里，一头蓄养的牛被杀了。牛的主人好像看到了犯人，但又怀疑那只是梦境。因为，犯人逃跑的速度非同寻常，从背影来看好像是全身裸体，从留下来的足迹又无从判别是男还是女。这个谣言迅速在村子里传开，但没人知道是怎么回事。其实，大多数人都不相信会有这样的事。比平时早到村子的雅各就在这时听说了此事。后来，村人们四处搜查杀牛犯，但全无踪迹。

　　没过多久，传闻桥的正中央站着一个形貌异

样的东西，村人们纷纷聚集到那个地方。接下来，我将把之后听许多人讲述的内容补充进来，加以叙述。桥上站着的，正如牛主人所言，全身裸体。要想描述它的样子还真有些困难，因为讲这些给我听的村人们说法各异。唯一一致的是，他们都说看到了乳房，还看到了阳物。但是，到底是男还是女，其肤色、容貌、身形如何，关于这些问题，大家的意见就不一致了。

雅各随后出现在桥上。他也被眼前的景象所震撼，一时说不出话来。

但是，因看到村人们摇摆不定，他便果断地说：

"这个东西就是给村子带来灾祸的女巫。"紧接着，人群里发出了赞同的声音。

雅各领着赞同者们，走过去把它绑了起来。……

这就是我所知道的。

女人就是因为看见了它，才如此狼狈，浑身

颤抖着莫名其妙跑来找我。

　　一听被逮捕的不是皮埃尔，我愁眉顿展。但同时，我仍感到忐忑不安。就算村人描述的样子有几分出入，但我立时就明白，它就是我在洞内见到的双性同体人。

　　此外，让我颇感好奇的是，旅社主人所描述的这个女巫，与雅各平日里挂在嘴边的那个女巫，竟出奇地相似。旅社主人说那双性同体人栖息在森林深处，是一个独身女人，能使妖术。主人这么说应该没什么根据，可是他却语气坚定，一副不容置疑的样子。还说，这女巫手里拿着扫把。再仔细一看，却是别具匠心的手杖。

　　我听着主人的描述，偶尔附和几句。主人继续说，如果女巫被处刑的话，村里人便可得救了吧！然后又向我询问异端审判的细节。我回答说也不了解详细过程。主人又追问，女巫会不会被处死。关于这个问题，我也只能回答说不知道。他和女人相互看了一眼，觉得从我这里也问不出什么了，便叹了口气。——

　　我最终还是撇下二人，再次离开旅社。首先去的就是那个洞窟。

　　我沿着河进了森林，很快就到了那里，发现洞门已如愈合的金疮般左右闭合在一起。奇怪的是，我当时并没觉得这有什么异常。我试着推了两三次岩壁，没什么反应，便转向去了皮埃尔家。

　　皮埃尔像是预知我要来访一样，也不问是谁，便开了门。进了房间，我如野兽般喘着粗气。

　　"……听说女巫被逮捕了。"

　　我一边踱来踱去，一边对皮埃尔说。

　　皮埃尔抬起头。

　　"是吗？"

　　"……你知道？"

　　"……不知道。……"

　　"这么说，你也不知道被逮捕的是什么

人了？"

皮埃尔只以眼神作答。那是一双比平时更冷漠、如铁石般的眸子。这时我心里突然萌生了怀疑，双性同体人果真是凭借自己的力量逃离了岩石的束缚吗？那样坚固的岩石的束缚？还是靠什么人的帮助才逃离的？村子里知道双性同体人之事的除了皮埃尔和我外，应该再无他人。那么，如果不是我的话，就是……

——皮埃尔？

我不禁打了个寒战，偷眼察看他的神色。他脸上一如往常，表现出深思、静谧，以及看似有巨大野心的傲慢。那里没有丝毫动摇的痕迹。村人们正为双性同体人被逮捕而高兴，因为他们相信这样一来村子就得救了。但是，皮埃尔不应该和他们一样高兴吧！还是他也高兴得很？为什么呢？为了明哲保身吗？我能断言这绝无可能吗？如果皮埃尔也被逮捕的话，恐怕也要被处刑吧！如此一来，他至今所有炼金术的实验都将归于泡影。皮埃尔定是预料到了这样的结果。如果不是这样，他为什么要对我说把书籍都让给我的话？

出于这一顾虑，皮埃尔·迪法依才把双性同体人放出来的吧？为了让雅各逮捕它，而使自己免于被告发。……

但是，这些毕竟只是我的臆测。双性同体人被逮捕，对皮埃尔来说，说不准只是个侥幸。我再次问自己。

还是皮埃尔高兴得很？

可是，在洞窟中我的确看见，皮埃尔对双性同体人的行为颇为异样，具有某种侵透力。那是一种类似爱的力量。但是，从更为广阔的语义来讲，那力量同时具有对主应有的崇高心与安抚娼妇的卑劣感。若是欠缺了任何一种，语言将丧失它的准确性。自那日以来，我一直沉迷于那景象，寤寐思之，醒过神来，发现我的思考已被掠向理性的波岸。想来那个分不清是人、是恶魔，还是天使的东西，对我来说有着非同寻常的意义。对皮埃尔来说，更是如此。这样的话，他应该为它被逮捕而悲叹不已，才符合情理。……

不管怎样，从皮埃尔的举止，我什么也判断不出。他的感情隐藏在深处，隐藏在那张闭锁得严严实实的、冷峻的面孔深处。感情这种东西隐藏在肉体里，这听起来是多么不可思议的悖论啊！

——最终，关于女巫，我没再多问。

我无所适从，环顾着四周。忽然看见南面的窗户照射进来的微微余晖，将那张独角兽的画染成了红色。水面粼粼，烈焰浓浓，白色的鬃毛像上蹿的火焰一样轻轻飘动。仿佛画中世界也迎来了黄昏。

我木然望着那幅画，任凭思绪无端蔓延。此时的我竟然有种不可思议的想法，好像画中世界正与我分享着同一时间。——如果这只独角兽和我一样从昨日到今日，从今日到明日，渐渐接近死亡。如果每当黄昏来临，它就在画中衰老一点儿，进而死亡、腐坏。或者，如果它被村人们叫作圣安东尼之火的热病所侵袭，今夜就要死去。……如果，当我再次造访时，它已然瘫倒在水中，水淹没了它半边身体，双眼像没有光泽的珍珠似的睁着，松懈的嘴唇微张着，倾斜的独角虚无地指向天空。那么，我会为这景象感到惊骇吗？如果烈焰散去，露出发黑的肉体，散发着腐臭，成群的苍蝇扇动着翅膀嗡嗡地向它扑来，我会觉得这景象异常吗？……但是，如果把独角兽个体运动的停止比作从时间中的超脱，我并不会因这般景象而感到奇怪。然而，为什么这画中的独角兽竟不知老为何物呢？……我当然知道画中的独角兽不会随着时间的推移变老，愚蠢地追问其原因显得有些小题大做。但是，于我而言，这一点确实颇为不可思议。我总觉得非常奇妙，画中的夕阳确实在闪耀，而且日复一日地闪耀着。但独角兽竟不会变老。——

这些漫无边际的遐想，并未使我感到不快。

虽然我内心依然无法平静，但过度的混乱似乎已经麻痹了我的神经。那感觉就像失眠导致的恍惚。

不久我便起身告辞，回到了旅社。——那天，再没有人说看到了巨人。

□

双性同体人在维也纳接受审问期间，我依旧停留在村子里。

旅费尚有富余。看到村人们接二连三地死去，要说我不害怕那是虚言，但我还是选择了继续留在村子里。那时究竟为何要继续留在那儿，我至今仍想不明白。恐怕当时我也没找到什么合适的理由吧！虽然有时我也会怀念巴黎，或想起还未成行的佛罗伦萨。但是，这些思绪带给我的乡愁和焦躁，都未能促使我离开村子。

那些日子，我埋头阅读皮埃尔关于炼金术的笔记。

他的书分为好几部，是他一直以来秘密撰写、尚未公开的著述，书中通篇都采用了巴黎大学学院派风格"粗犷的拉丁语"，其间夹杂着炼金术晦涩的专业术语，文章风格独特，笔锋犀利，像汹汹波涛一样吞噬了自然科学的各个领域，且随处可见周密、透彻的论证。事实上，我心中原有的几个疑问因他的著述得以冰释。——不过要达到理解整个体系的程度，还差得远。因为我只是随意翻阅，并没有按顺序从头开始读。自那日以来，无论我再怎样鼓励自己，终不能静下心来，心无旁骛地钻研学问上的问题。

虽然双性同体人被逮捕后，再没有人看见过巨人的身影。但是村里的气温依然没有升高，每夜必至的豪雨、蔓延的疫病，也没有平息的迹象。而且，第二天早上必有彩虹出现。村里的酒馆不知何时没了酒宴，取而代之的是男人们每晚无谓的争论。我有两三次受邀到场，听到他们谈论的内容几乎一样。有些人说，灾祸之所以尚未停息，是因为双性同体人还活着，所以应该尽快判决，予以处死。也有一些人与他们意见相反，认为逮捕双性同体人是抓错人了，真正的女巫还留在村中，所以水灾和冷害还不见收敛。这是在暗指皮埃尔。

争论也没有结果，但日久天长，前者的意见占了优势。他们认定的理由是：双性同体人被捕那天后，巨人再没有出现过。

关于这样的争论，我自是不会倾向于任何一边，但又说不出什么真知灼见，调解他们的争论。我也不想非难他们的愚昧。随着死者数量的不断增加，不知何时开始不得不采取共同埋葬尸体的方式。他们看到这般景象，又想起了黑死病的猖獗，还想到了惨淡的末路。我只是个旁观者。我能做的，也只是毫无意义地给他们施行临终涂油礼①。

——如此，末世的不安在人们中间蔓延。然而在这日渐憔悴的村子里，行为举止看不出任何变化的，据我所知只有两个人。那就是皮埃尔和约翰。皮埃尔是无所不知，而约翰则是一无所知。而往来于二人之间的就是乔姆。乔姆对皮埃尔依然衷心不改，其中还夹杂着几分从前没有的卑屈感。

乔姆事后来过几次酒馆。但每次都遭到嘲骂，不能如愿加入他们，只好悻悻而归。以前村人们嘲笑他还多少有些顾忌，但现在却完全不管不顾了。侮蔑之心直接转化为残酷的言辞，如唾沫般向乔姆袭来。我并非不同情乔姆。一直以来他都在为一日三餐疲于奔命，加上在皮埃尔预支的饭费里做些手脚才能勉强度日。皮埃尔默许他这样做，虽然发现了，还是佯装不知。当然乔姆

---

①临终涂油礼：罗马天主教早期的一种圣礼，牧师为病人或受伤的人，尤其是生命垂危的人施以涂油礼和祝福。

之所以没离开皮埃尔，并不完全是因为皮埃尔容忍了他的奸猾算计。至少，皮埃尔不会像其他村人那样苛待乔姆。当然也谈不上是厚待。而恰恰是这样，反倒让我更为痛心。……

那天，是圣母升天节①的前一天。从双性同体人被逮捕那天算起，刚刚过了一个月。

黎明时分，我从浅睡中醒来，拂去粘在衣服上的茅草便出了门。

天色渐明。许久未见的彩虹出现在眼前，我不禁叹了口气。彩虹映在泥泞的脚下，闪烁着妖艳的光。放眼望去，出现在我眼前的是腐烂的冬小麦和被废弃的有轮犁。……

几天前，因审判而很久未做司牧工作的雅各回到了村子。迎接他的村人们，像迎接预言者的到来一样欢呼雀跃。雅各告知村民，女巫最终承

①圣母升天节：天主教在公历8月15日举行，东正教由于历法不同，相当于在公历8月27日或28日举行。

认了自己的罪。因此，很快就会被处以火刑。行刑日另行通知。但刑场应该是定在了村子西北边的原野。

今天就是行刑日。

从逮捕经审判到行刑，进行得如此迅速实属罕见。无论是依过去的记录，还是后来我所知道的范围，都属特例了。原因不详，但村人们执着的控诉加快了事件的处理，这一点是毋庸置疑的。

他们对女巫的憎恶，自冬小麦的收获宣布无望以来，与日俱增。这正如桌上的尘埃，不知何时便毫无征兆地聚成一团，而且不断膨胀。他们热衷于创造谣言。有些人绘声绘色地描述着他们根本无从知晓的双性同体人出生的事情，其他人则添油加醋地编造双性同体人父母的逸事。还有人说，它被逮捕前就经常来村子掠走家畜。还有人说它曾往河里投毒。

另外，议论皮埃尔与双性同体人关系的人也

不少。有人说看见双性同体人去找皮埃尔，有人说它是皮埃尔的老婆，有人说是女儿，还有人说是儿子。……然而，在诸多风言风语中，我却从没听人说过皮埃尔进出森林的事。显然他们并不知道双性同体人与皮埃尔之间的关系，不过是因为分别对两人存有疑念，又通过臆想将二者联系在了一起。而我的疑念恰恰源于二者的关联。只要他们谈及此事，我就会想到这方面上去。

谣传根本无法统一，相互矛盾着又派生出几个新的故事。村人们并不觉得这很奇怪。一旦发生分歧，自有新的说法来完善。

我想起了幼时听过的一个出处不明的教训。内容大致是这样：一个地方住着一个极其不信神的男人。这个男人竟然听信恶魔的教唆做了这样的事。恶魔告诉他，神因得知人们信仰不坚定而非常气愤，要在七日后，不分昼夜连续四十天从天上降下三头公牛那么重的巨大岩石。恶魔继续说，你从今天起就要建造一座能挨过此石的石头小屋。小屋能容下你一人就好。因为没有时间了，而且小屋这种东西太大就脆弱了。四十天的食物，我会每天给你送来。男人按照恶魔的指点赶忙盖起了小屋，为了让任何岩石雨都摧不毁他的小屋，他还在屋顶上尽其所能堆了好多石头。等到七天后，男人战战兢兢地在小屋里等待岩石雨的降临。但是，等了许久都没有岩石落下来。恶魔一边看着他，一边暗自发笑，从地底下轻轻摇了摇地面。男人便被自己堆积在屋顶上的石头压死了。——

我觉得这个故事中包含了许多事实。村里人即将被他们筑于自己头上的妄想所毁灭。

……雅各带着双性同体人和另外几个审判官，以及官厅人员和被官厅召唤来的尤斯塔斯一行来到村子，刚好是在正午刚过的时候。

如同之前宣告的那样，定在西北方的原野上行刑。刑场一侧有小河流过。女巫被烧成灰后，立刻被河水冲走。据说这样做是为了防止尚未被逮捕而潜伏起来的女巫们收集烧剩下的骨灰作恶。虽然有些画蛇添足，但我还是要补充一句，刑场恰好隔河与前面说过的洞窟遥相呼应。这是我后来才发现的。

接到通知的村人们全体出动奔向刑场，将火刑柱和堆成杉树形状的大量柴薪团团围住。我在人群中看到了旅社主人，还看到了乔姆和他妻子。除他们之外，大部分村里人都来了。留在家里的恐怕只有那些卧床不起的病人吧。

村人们相互打着招呼，为今日的行刑而兴奋。欢笑声和对女巫的抱怨声此起彼伏，没有一个人表示怜悯、同情。女巫被逮捕前村人们的纷争早已销声匿迹，如今多么细微的怨患都转移到了女巫身上。他们因与女巫的对峙，而产生了不可思议的连带感。而且这种情感颇为牢固，是他们自己都始料不及的。

我看了看村人的情形，便抬起头来看火刑

柱，又望了望苍穹。没有一片云，也没有一丝风。因为冷害的缘故，到了这般时节还感觉不到暑气。远处似乎传来蝉的叫声。周围如此平静，稍不留神，都要打哈欠了。——苍穹也平静得几乎可以用风和日丽来形容。

忽然我的耳边掠过了前面一个村人发出的声音。

"喂，快看那边，……是皮埃尔……那个炼金术士皮埃尔。"

我顺着男人指的方向看去。越过喧闹的人墙，我看见皮埃尔的脸深深地蒙在黑头巾里。

旁边的男人点了点头。

"啊，没错，就是皮埃尔。"

"这倒令人很吃惊啊！"

"是啊，那个怪老头儿果然还是关心这件事啊！"

"就是啊！"

这时又有一个男人插嘴。

"那是自然，接下来就轮到他自己了嘛！"

正当此时，人墙骚动起来。其中一处向左右分开，让出一条路。

□

"……是女巫！"

四处传来人们交头接耳的声音。

旁边跟着刑吏，雅各在其身后控制，被押者被粗暴地丢在众人脚下。——毫无疑问，那就是我在地底下看到的双性同体人。

看到它身上裸露在外的拷打痕迹，我不禁骇然。双性同体人腰间缠着一缕薄衣，就像一条大虫一样趴在地上。尽管想要起来，却因浑身颤动而屡次失败。依旧匍匐在地。四肢全部脱臼，奇怪地扭曲着，双足溃乱成两团肉，一片指甲都不留。头发全被剃光，蔷薇与首尾相接的蛇缠在一起的头冠也不见了。闪着金属光泽的肌肤上，无数被刺过的钉孔已经化脓，裂开的皮肉如翻开的花瓣，露出里面的绯红色。

说起来，那就是一副行尸走肉。我并不相信雅各所谓的"女巫已经认罪"的说辞。双性同体人一个字都没有说。这个奇妙的生物体内，原本就没有灵魂存在。这样的生物又如何会使用语言呢？又如何会忏悔呢？它只有一个肉体。正因为只有肉体，才会仅以肉体的原理生存下去。因此它的死与生紧密相连，以至于死后本应到来的腐烂还未来临，三就天真无邪地到来了。生包容了死。

一个男人朝它扔了石头。接着，村人们像是得到了信号似的，纷纷捡起石头朝它扔过去。

骂声一片，怨言四起。扔过一次的人仍不满足，又扔了第二次、第三次。脚下没石头的人就毫无意义地薅把草扔过去。砸在它身上的各色石头，散落在周围，像蚁群一样泛滥开来。

这时一块拳头大的石头，割破了双性同体人的额头。

人们不再扔石头。但这并非出于怜悯。因为在那一瞬间双性同体人抬起脸，一双星眼圆睁，莹莹发着光。右眼绿如翠玉，左眼绯同红玉。村人们被这异样的景象吓呆了，一动不动地呆立在那儿。

我没有扔石头。即便如此，当时我所感到的恐惧，与村人们不相上下。因为我还是第一次看到那样的眼睛。它们泛着某种由难以侵入的硬质石材打磨出的宝玉般的光芒。那宝玉是如此纯粹，以至于容不下任何物质，双性同体人的双眸不会映射任何物质，也不能容纳任何物质，它们不可思议地拒绝认知任何物质，而只是渴求被其他任何物质所认知。人们对此感到恐惧。他们向它投了上百块石头，它却只投去这一眼作为回报。然而这一眼便尽数射穿了村人们的眸子，刺向深处，像一个被吞下的箭头，从肉里发散出疼痛。这疼痛与他们内心深处的苦痛结合，仿佛这疼痛很久以前就已经命中注定了。那苦痛，是近似于原罪的苦痛。他们未能与女巫对峙。因此苦痛并不是女巫带给他们的，而是他们内心的苦痛复苏了。

那苦痛对于我，也不例外。但是，真正使我们感到绝望的，毋宁说是接下来那一瞬间。

这时，双性同体人丑怪的躯体里，竟散发出馥郁芳香。

馨香很快将众人揽入怀中。那是一种比花香还要高洁、优柔、令人怀念的芳香。人们因此而迷乱，不由自主地放下了手里的石头。如此美妙的香气，也只有一位圣女能配得上了。

刹那间，我想起了闻名遐迩的斯希丹圣女李维娜（St. Lydwine of Schiedam）①的逸事。据说她

①圣李维娜（St. Lydwine，1380—1433），生于荷兰斯希丹，是慢性疾病者的主保、溜冰者的主保。1395年冬，李维娜溜冰时与一人相撞，跌断肋骨。后来伤口发炎溃烂，全身疼痛，苦不堪言。可是她一直默默地忍受痛苦，没有一句怨言。李维娜病情加剧时，疮口流出的脓血常常发出芬芳的香味，病室常有异光照耀。1433年复活主日内的周二，李维娜苦期已满，安逝主怀。

那被蛆虫侵蚀的身体散发着芳香，不仅如此，就连身体流出的脓汁、呕吐物甚至粪便都散发着香气。我并不知道圣李维娜是否真为圣女。然而，尽管我知道这样的事是不可能的，但除了主的独子，倘若还存在以一己之肉身为人们赎罪的人的话，那么双性同体人那腐烂的躯体不正彰显着我们罪恶的深重吗？不正彰显着长久以来我们最不愿正视、最难以承受的罪恶吗？——我不禁怀疑起来。

馨香愈来愈浓郁。刚才一直看着村人的举动默不作声的雅各，顿时变了脸色。他声音颤抖着命令刑吏迅速将女巫绑到行刑架上。

好几个人爬上搭靠在火刑柱上的梯子。火刑柱是从森林里砍来的。焦土色的巨木上有七个如同野兽眼珠般的树节，巨木顶端刻着一个十字架。树干颇高，笔直地伸向天空。在这根被砍倒且被去除枝叶的柱子上，我不可思议地感到了生命的存在。与即将在此被烧死的双性同体人正相反，生跨越了死这一点，游走于渐渐死去的物质中。

他们用铁链将双性同体人面朝东绑在了火刑柱上。将木柴重新堆至其脚下。

——行刑的准备差不多至此结束。

雅各进入人群开始布教。布教结束后，他要求村人们起誓同心协力驱逐异端，众人齐声附和"阿门"。

至此，雅各才开始宣读判决文书。布教、宣读判决文书这些程序原本应该在把女巫吊上行刑架之前进行．看到村人们因四溢的芳香动摇起来，雅各才更改了顺序。不知是出了差错，还是故意而为之。但是，面对被绑缚在行刑架上的女巫，村人们终归还是从迷惑中被拉了回来，再度认识到女巫的恶。他们脸上又浮现出了憎恶的神色。

对异端的判决文书如下：

"之于因在当地施用已被我们明确判定为巫术

引起种种灾祸而被起诉的被告，我们仔细调查了村人的证言、证据，以及被告本人的自白，我们达成共识，判决如下：被告亵渎了唯一的造物主——神，否定教会，践踏圣书，尊奉愚蠢的异教邪神，与恶魔缔结了淫乱的契约。"

接着，雅各逐一言及与恶魔签订契约的仪式，致使家畜死亡、疾病蔓延的巫术方法，以及引来豪雨的巫术方法。他还毫不避讳地论及兽奸之罪，与男性恶魔交媾等事。

雅各越往下读，语调越激昂，村人们受其煽动，情绪也跟着激昂起来。

"……这些理应憎恨，亦应怜悯，荒谬绝伦的大罪，就是对全能且唯一的神的亵渎。……我等以主耶稣和圣母玛利亚之圣名，加以判定，并在此郑重宣告，被告是真正的叛教者、兽奸者，是伤人性命的巫师，是膜拜恶魔的渎神者，而且还是恣意扰乱造物主所创造的世界秩序的女巫。鉴于此，我等将被告交由国家审判权执行人处置。

执行人定会告知将被告活活烧死，但我等深信主的慈悲，定会对其宽大处置。"

判决一下，人墙里就发出了喝彩声和欢呼声。一定要活着行刑的哀求声，像开水冒出的水泡一样，从各个角落沸腾起来。

村人们的请求没遇到任何障碍，便被接受了。其实双性同体人早已被绑在行刑架上，只等点火的许可了。

命令一下，几个刑吏便从四面点起火来。

□

……烟像编绳子那样，形成几条细细的线静静地升起来。没有风。天空晴朗，烟影朝向远方晃动着。太阳很高，人们的影子像不经意间从身体里漏出来了似的，在脚下渗出一小片痕迹。寂

173

静由此徐徐扩散，像飞起的燕子一样，从人们嘴边掠走了语言。声音消失了。连一声咳嗽也没有。沉默吞噬了气息并使之固化，穿过人群，围着刑柱筑起一道坚固的围墙。

人墙像测量过似的，围成一个精确的圆。人们就站在这个看不见的圆上，不逾越一步，也不后退一步。重重包围着，只有中间那一块区域决不可侵犯。

渐渐地传来柴薪烧裂的声音，接着树汁沸腾的声音也响起来。烟呼呼冒起来，编织的绳子从顶端一点一点松开。双性同体人释放出的芬芳，与木头燃烧后的气味融合在一起，转变为一种不可思议的淫靡之香，飘散在四周。那味道甜丝丝的，就像烤过的苹果。柴堆底部已烧得绯红，火焰像小老鼠一样在缝隙里穿梭。

人们屏住呼吸。柴堆里因混杂着一些刚砍的新柴，所以等火着起来，似乎还需要些时间。白昼的火焰看上去没有夜晚那么浓烈，缭绕的烟雾中热气升腾，像瀑布柔曼的轻纱，把对面人的影像都扫曲了。人们依然不说话，只是默默地注视着火焰，仿佛目光可以为柴堆增加些热量。

尤斯塔斯的一声干咳打破了这片沉默。我看了他一眼，一双醉眼布满血丝，颤抖的嘴唇里噙着唾液。这个男人看受刑者的样子和其他村人没什么两样，甚至比他们还热心。尤斯塔斯右边站着雅各和刑吏一行，左边则是前面曾经提到过的那三个女人。

过了一会儿，刑架下有了些许变化。树汁已然蒸发，声音也听不到了，烟气纷纭四溢，烟的影子与刚才不同，呈浑浊的黑色。每当微风吹过，柴山就泛起隐约的红潮。火焰如同被困在牢笼里的生物，从内部肥大起来，偶尔迅速地伸出触手试探，抓住堆在外层的柴薪，试图将它们吞入腹中，但是大多没有成功，徒留几条不吉利的烧痕。突然，火焰发起了脾气，将两三根细柴烧得灰飞烟灭，一下子精神抖擞起来。木柴时断时续的破裂声，渐渐没有了间歇，像骤然降落的急雨打在地面上，不停地发出噼啪声。周围散落着木柴破裂时飞溅出来的木片。

热气有如顺着行刑架注入的开水，从人墙底部升腾起来。双性同体人低着头，偶尔扭动一下身体，不发出一声呻吟。它神色依然。热气已经传到我们脚下，它不应该感觉不到。村人们额头上都冒出了汗。——但为什么双性同体人还没有变化，感觉不到痛苦呢？是因为受尽了严刑拷问，感觉麻痹了吗？抑或是原本就不知痛苦为何物？……

村人们似乎也疑惑起来，纷纷蹙起眉头，歪头思索着。直至此时终于有人打破沉默，跟旁边人窃窃私语起来。见此情形，雅各几次态度严苛地把刑吏叫至身旁，指示着什么。每次刑吏都夸张地流露出否定的表情。虽然不知道他们你来我往说些什么，但是，从刑吏困惑的表情也能推测出个大概。总之，刑吏不知该如何是好。

随着视线的推移，皮埃尔的身影意外地映入我的眼帘。因为蒙着头巾，所以我看不清他的脸色。偶尔闪现的脸庞，与往常一样看不出任何情感的痕迹。村人的骚动似乎与他毫无关系，他裹着长外套一言不发地盯着行刑的场面。……

人们的动摇越来越明显。这不仅表现在脸上，还表现在挠身体、摩擦双脚等奇怪的动作上。他们唯一祈求的就是女巫的死，尽可能悲惨的死。但是，他们又觉得这可能无法实现，才不安起来。第一眼看到这个女巫时，任何人都知道它不是个寻常的生物。尽管知道，人们还是坚决断言其为女巫。不，应该说，正因为知道，才确信不疑吧！然而看到被押送至刑场的女巫，人们第一次产生了怀疑。而如今看着行刑架上的女巫，人们更加怀疑起来。

火渐渐烧到了受刑者的脚下。不知何时，火苗已经从柴山中喷溢出来，像在柴山上覆盖了一层红毛毯。烟越来越浓。火苗随浓烟蹿动着，不时溅出火花。有些柴已燃烧殆尽，成了炭灰，犹如白发。然而，火势并未衰退，反倒更加炽烈地燃烧起来。

——这时，双性同体人的身体突然发出剧烈的痉挛。村人们不禁为之瞠目。身体晃动时，裹在腰际的单衣随即滑落下来，其阳物暴露在行刑架之上。

几乎与此同时，一个村人大叫起来。

"看太阳！"

众人一齐仰望苍穹，才注意到它的异变。直到刚才还一直照耀着的太阳，此时正从边缘开始渐渐被黑影侵蚀。那不是云。而是与太阳有着同样形状的黑影，另一个黑色的太阳。——是日蚀。

村人们脸上顿时露出恐惧的神色。他们认为那是妖孽。

地面上，火焰伴随着雷鸣般的巨响升腾着，舔舐着双性同体人的全身。火星闪闪飞舞，烟尘染红了视线。我情不自禁地低下了头。热浪汹涌地扑过来，我们不得不远离行刑架。人群形成的圈子稍有扩大，我也倒退了两三步，才得以抬起头。火焰稍有平息时，双性同体人再次出现在我们眼前，它那烧焦的躯体在行刑架上剧烈地抖动着。皮肤如金属般被烧成了黑色，还带着一点光泽。此时人群再度沸腾起来。火堆像熟透的石榴，变成鲜红色，因无法抗拒由内向外的膨胀，过不了多久就会胀裂。那时，黑暗中清晰可见，鲜红色像血流一样迸出。

太阳被侵蚀了，天空预感到黑暗即将来临而颤抖着。北风吹来，南面也一样起了风，这两股风在行刑架处交汇，裹挟着火焰向天空升腾。

火势更为炽烈了。

终于，火焰完全吞噬了受刑者。它的肉体痛苦地扭动着。但是，它的痛苦似乎并不是因为这飙怒的火焰，也不是因为这极端的炽热。毋宁说是预告着某个超越性的契机。仿佛是对天空、对彼方发出的指示。

双性同体人猛然抬起头，双眸望着天空。脖颈上凸显的血脉，像一条被去了头的蛇一样弯曲着，与额头上流下的一道血痕交织在一起。

行刑架晃动起来。受刑者脸上闪现出上升之意，烂灼的肉体放射出皓洁的光芒。

轰鸣声再次响起。接着，其阳物勃然而起，开始奇怪地抽搐起来。

刹那间，不知是谁的叫喊声指引我们仰望天空。——那景象只能用梦魇来形容。西边的天空中乍然出现的，正是曾经让村人们狂躁的那个巨人的身影。

我甚至怀疑起自己的眼睛来。巨人，正如人们所说，以男女双体出现，一边像野兽一样从背后交合，一边缓缓地浮上将要陷于黑暗的白昼的天空。巨人之巨不可估量。男身汗流煌煌，犹如波涛般撞击着女身，而女身则接受了他。那剧烈的侵袭把天空撞得吱吱作响。律动摧毁了云朵，震响了山野。这声音不是借由我的耳朵听到的，而是从肉体深处最黑暗的深渊发出来的。无论心跳多么剧烈，那一下接一下的撞击却保持着节奏，令人难堪地缓缓持续着。

雷鸣般的轰鸣第三次响起。

那肉槌似乎要击碎二者的整体性似的，更为剧烈地深入。也许正是为了肉体的结合，才必须超越肉体的制约，与肉体一同贯穿另一肉体，抵达肉体的彼岸。

村人们之间渐生错乱之态。有人已经不省人事，有人频频在胸前画着十字，还有人不断地请求立即终止行刑。尤斯塔斯剧烈地颤抖着，吐出大量口水。他身旁的三个女人已各自撕破了上衣，一边猛抓自己裸露在外的乳房，一边披头散发摇晃着脑袋。

太阳就要没入月影中了。黑暗中熇熇燃烧的火焰，此时愈烧愈烈，几乎将受刑者焚灭。

呆立的我这时看见一个人影分开人墙朝圆心走去。仔细一看，却是约翰。自我来到村子，还是第一次看见约翰从秋千上下来，站在地上。我惊讶不已，且带着某种感动望着他的身影。之所以这样说，是因为那一瞬间少年脸上确实闪现出某种有意义的神情。那神情代表着行动，代表着目的达成。意味着所有空虚的游戏都已结束，运动有了确实的方向。至此，箭终于要射出了。……我感动地望着他。但是，这份感动并非源自慈爱。确切地说，我从他的身影中感觉到了救赎。

——然而，正当我这样想时，约翰那毫无意义地张开着的小黑洞里，像着了魔似的，爆发出一阵穿透肉体般的狂笑。

双性同体人像消失的太阳一样，放射出灿烂的光芒，使人们感到眩晕。其光芒既往外发散，也向内聚敛。在这充满矛盾的肉体中，互不相容的各种质素凸显出来，相互确认后，毫发无损地结为一体。使得肉体既强健，又如惊鸿般轻盈。高耸的阳物更加剧烈地痉挛起来，看起来就像要展翅高飞，却被束缚在地上而痛苦挣扎的鸷鸟。

这时太阳与月亮终于重叠为一体。就在那一瞬间，阳物将精液射向了它们。不顾阴门的存在，直冲天空射去，其涓滴在火焰的映衬下闪着绯红色的光芒，在我们与双性同体人之间出现了一道辉煌的彩虹。精液还在继续流淌着。肉体并没有让精液落空。迸射出的白浊精液顺着阳物流下来，左右分开流入阴囊后部，经由阴门流入其内部。

我凝视着被火焰包围的肉体，凝视着这令人怀念的肉体，越过隔在我们中间的热气，从各个方向凝视着它。我闻到了它弥漫的气味，听到了它即将燃尽的声音，疯狂地爱抚它，向它回归。不知何时，热气开始侵袭我身，我觉得自己在看，也在被看，皮肤噼噼啪啪地燃烧起来。我的肉体破裂，又再次结合。我被处以火刑，在痛苦中喘息，在快乐中沉醉。我是个僧侣，也是个异端。我是男，也是女。我是双性同体人，双性同体人就是我。我周身充满红色的光芒，化作火柱贯穿于天地。光芒普照世界，超越质料显现出形相，从物质转化为存在。此时，世界多么美丽，多么生机盎然又熠熠生辉啊！应该发生的运动都在这一瞬间发生，过去的运动都在这一瞬间无限地反复。一切都是永恒的预知，发生后成为令人怀念的过去。灵魂越是想离开肉体，越是更深层次地进入肉体。我的灵魂与肉体一同升天，我的肉体与灵魂一同入地。肉体与灵魂融为了一体。我注视着浑然一体的世界，触摸着它。世界与我如此亲近。我拥抱世界，世界包容我。内部与外界陆地毗连，化作同一片海洋。即使世界迷失了还有我，即使我迷失了还有世界，二者同时消失，二者也同时存在。合为一体的存在！……然后，我即将抵达。…… 抵达什么？…… 光吗？………… 那炫目的、巨大的光，………… …………那从遥远的彼方发出，如今散溢各处的光，……………………………………………光，……

にっしょく

………… …… ……… …… …… ……… 就是，…………

………………………………………………………………

………………… ……………………………………………

……………………………………………………· · · · ·

· · · · · · ·　　·　　　　·　　　　·

·　　　　·

にっしょく

□

　　……不知过了多久。

　　等我回过神来，行刑架上已经没了双性同体人的身影，巨人的幻影也消失了，太阳一如往常圆圆的，灿烂地挂在天空。

　　村人们茫然若失地呆立着。直到现在还有人神志不清。雅各及他的随从也只是张大了嘴看着烧剩下的刑柱。

　　还有尤斯塔斯，正一个人趴在地上吐个不停。

　　约翰消失了，环视了一圈，也没发现他的踪影。我不由得怀疑约翰一开始就不在这里。因为他那残存在我错乱的记忆中的身影，只是一个朦胧的幻影。……那个少年，难道是为了看行刑，才从秋千上下来移步至此的？哑巴的嘴巴里难道发出了声音？……然而，我没再多想。

　　渐渐恢复意识的村人们不知如何是好，用求

救的眼神看着雅各。

雅各这才清醒过来，对众人说：

"看看行刑架下面。……说不准是锁链开了，掉到地上了。……哪怕是魔女的一块肉，不，哪怕是一根头发，都决不能遗漏。……大家快找吧！"

几个刑吏在雅各的催促下，向还在冒烟的柴堆靠近。

"……没有。就剩下灰了。"

说着，刑吏们都退下了。正当雅各准备亲自检查时，人群中一个男人踉跄着走到行刑架旁。村人们呆望着他。男人双膝跪地，直接用手分开灰堆，好像找到了什么。眼前出现的是一个金块儿，带有些许绯色，放射出世上从未见过的光。人墙再次不安地骚动起来。那金块儿像是刚被打磨过似的，闪闪发光、完美无瑕，尽管是刚从灰里取出来的，却一尘不染。男人紧紧地握着它，想要将它收入自己怀中。雅各立即以严厉的口吻制止了他。然后，说道：

"把这个男人逮起来！这个男人早就被村里人告发了。……大家刚才都亲眼看到他的行为了吧！这个男人打算把女巫的灰带回去，用于生产金子这种邪术。企图扰乱神所创造的这个世界的秩序，给村子招来灾祸。……还等什么，还不快用绳子把他绑起来！"

男人被粗暴地从背后绑住双手，拖到雅各面前。他并没反抗，只是脸上略显憔悴。

村人中又有些骚动。雅各掀开男人的头巾，确认他的相貌。然后拿起藏在他右手里的奇妙物质，厌恶地将其在掌心里捏得粉碎。

"只不过是灰而已，……灰，……"

带着余晖的金粉从雅各指缝里洒落下来。雅各命令刑吏把这些金粉连同灰烬一起扔到河里冲走。这时，蹲在一旁的尤斯塔斯突然站起来，要求由他来处理灰烬。但是，雅各没同意。再次确认由刑吏处理后，带着那个睥睨四周、一言不发的男人离开了刑场。……

这是瞬间发生的事。我唯有伫立在村人身后默默地看着这一切。同时期待那个男人能回头朝我这边看一眼。

……然而，我的期待落空了。

那个男人，也就是炼金术士皮埃尔·迪法依，最终头也不回地从我眼前离去。

□

那天傍晚，没有下雨。

□

翌日，我便离开了村子。

这么做，也是因为听了雅各的忠言。皮埃尔被逮捕后，雅各暗地里来见我，对我说：希望您明天离开这个村落。皮埃尔·迪法依将作为女巫受到审判，以您与他密切的交往来推断，此事必会波及您。我并不怀疑您的信仰，但村人有可能告发您。我不希望您受到审判。既然您此行的目的是去佛罗伦萨，再在此地久留也别无益处。怎么样，您就接受我的劝告吧！——我答应了他。

再度踏上旅途的我，没有采取任何办法为皮埃尔昭雪冤情。没有站在法庭上，洗刷他的嫌疑，也没有暗地里与雅各周旋，请求他从轻处罚。我只记得皮埃尔对我说过的话，便带着他家中的藏书，如逃犯般飘然离开了村子。

……昭雪冤情，我说了这样的话。但是，这是我所能办到的吗？

在村子逗留期间，关于皮埃尔的炼金术是不是异端，我终究没能得出结论。倘使人们说皮埃尔使用妖术造成疫病蔓延，降下豪雨成灾，我还能够辩驳。因为这等事本来就超出了被造物的能力范围。但是，倘使他们说炼金术本身就是异端，他的傲慢触怒了神，所以才降下灾祸以示惩戒，那么，我将无言以对。因为，时至今日，我仍无法断定他们这样说是否有道理。

　　——虽然这样说，但是要说在我离开村子时就有了这样的迷惑和苦恼，那是虚言。因为我开始思索这些问题，已经是很久以后的事了。

　　总之，我离开了村子。不顾一切地、毫无理由地想离开村子。雅各的话不过是个借口而已。

　　为什么我会这么做呢？——我时常扪心自问。是因为我怯懦吗？是因为我不相信异端审判吗？是因为我憧憬着佛罗伦萨吗？还是因为我对皮埃尔矛盾的感情？抑或是那时无限的疲劳已经占据了我的身心？……我无从判断究竟是哪一个原因。但，恐怕这些原因的任何一个都有其真实性。随着年龄的增长，我渐渐不再相信，人之行为结果仅仅出于一个原因这样单纯的乐观主义。

一个结果的生成，远比我们想象的要微妙、混沌，大多数情况下，我们所找出的原因只是这个有机整体中切取的一个碎片。当然，大小有别。……

我再次踏上旅途，顺利地抵达了佛罗伦萨。在当地，我得到了几个重要的文献，有尚未付梓的费奇诺翻译的柏拉图全集的一部分，以及费奇诺关于毕达哥拉斯的一些评论，还有《赫密斯派文献》、《迦勒底神谕》（The Chaldaean Oracles），此外，我还得以和费奇诺本人及柏拉图学院的相关人士会面。

我兴趣盎然地听了他们对于柏拉图及其他异教哲学者的看法。还接触到了数年后造访巴黎的皮科·德拉·米兰多拉① 令人惊异的主张。然而，在这些人中，没有人能像皮埃尔那样带给我

---

①皮科·德拉·米兰多拉（Giovanni Pico della Mirandola，1463—1494），意大利哲学家、人文主义者。曾在帕多瓦学习亚里士多德哲学。结识费奇诺后成为新柏拉图主义者，并对希伯来神秘哲学和波斯教产生兴趣，成为以神秘哲学的理论拥护基督教神学的第一位基督教学者。

深刻的感触。

归程我不再是孤身一人。我用剩下的旅费雇了两个仆从,让他们背负那些数量庞大的文献。因为冬天是在佛罗伦萨度过的,所以翌年春天才回到巴黎。

幸好大学里还保留着我的神籍。

口

回到巴黎几个月后的一千四百八十三年八月三十日,当时的法兰西国王路易十一驾崩,享年六十岁。翌年的一千四百八十四年八月十二日,当时的教皇西斯都四世也逝世了,享年七十岁。疏于世事的我,之所以如此清晰地记得此二人离世的时间,是因为当时这两件事发生的时间点宣告了我前半生的终结。即使到今天,我还是禁不住将这两个人的接踵而逝和我自身的境遇联想在一起。如此沉溺于感慨并非我的偏好。但是，经历了那段旅行，我的内心起了本质上的变化，这也是事实。关于这些我说不大好，非要让我说的话，我只能说，这次旅程让我稍稍触碰到了隐藏在信仰深处的一些问题。我的内心也因此打通了一条通向神的遥远路途。

——————————

……现在，我担任一个地方小教区的主任司祭。

结束了巴黎的研究生活，一千五百零九年，我应希梅内斯·德·西斯内罗斯主教邀请，前往西班牙阿尔卡拉大学任教。在此差不多十年时间里，我一直讲授托马斯主义，空闲的时候也从事

一些圣书原典的编纂工作。……回想起来，我在
当地的收获只有两个。一个微小的幸福和一个巨
大的失望。——不，后者也应该说是微小的吧！
所谓的幸福就是，作为客座研究员我受到了厚
待，拥有许多自由时间，因此我在此得以完成了
许多学术著作，所谓的失望就是，我将时代本身
的不幸归咎于自己所处的环境，非得从中寻找一
丝希望，我终于领悟到这样的态度是多么愚蠢。
对我来说，阿尔卡拉的生活与巴黎的生活几乎没
有什么不同。但是，几年前，我开始厌恶此地的
传教政策，就在比时希梅内斯也去世了，我便以
此为由，带着我的几部著作回到故乡，获得了现
在的司祭之职。

　　前几天，我因事前往罗马，途中我和随从投
宿于维也纳，并在那儿待了数日。

　　在当地会见的几个人都纷纷批评近年来异端
审判的恶劣性，并对此哀叹不已。我听着他们的

话，意外地从他们列举的审判官的名字中，辨认出我曾经听过的某个男人的名字，这让我惊讶不已。这个名字就是雅各·米卡艾利斯。之后我就去修道院拜访了他。此行并不是为了跟他久别畅谈，而是因为我迫切想要了解皮埃尔·迪法依后来的境遇。

雅各的容貌变化很大，几乎到了认不出来的程度。自我离开村子以来，已经长达三十多年没有见过他了，因此变化大也没有什么奇怪的，然而，我觉得雅各那张面色憔悴的脸上所表现出的并不只是衰老后的丑态。曾经炯炯有神的双眸如今失去了光辉，眼窝下面还出现了两道阴郁的黑影。恰如用旧了的宝剑剑刃，因接触过无数次死亡，剑刃上附着了死色，使宝剑蒙上了一层油脂而黯然失色。

雅各并没有认出我。而且还说，村子的事、处罚巫女的事，还有皮埃尔·迪法依的事，他都不记得了。我觉得他是在撒谎。因为当他听到皮埃尔·迪法依的名字时，立刻变了脸色，许久说不出话来。

动摇是毋庸置疑的。同样的事情我又问了他一遍，但回答是相同的。——没办法，我只好离开了修道院。

但是，那天的邂逅还不止于此。

离开修道院后，我在巷陌间走着，隐约听到身后有人在喊我。回头一看，只见一个跛脚男人一条腿拖着地，喘着粗气朝我这边走来。男人正是打铁铺的乔姆。我正怀疑竟有如此偶然的相遇，但原因很快就明了了。

乔姆还跟从前一样语调谄媚，与我重逢他大为欣喜，反复念叨着"您成了大人物了"。我只是点了两下头随便应承着，便转换了话题，问他修道院的雅各·米卡艾利斯是不是曾经到村子去司牧的那个人。话音刚落，乔姆便回答道：

"是的，正如您所言。这么说您已经和他见过面了？"我忙敷衍说："没有。"又追问他知不知道皮埃尔的下落。对此，乔姆啰嗦地回答：

"尼古拉先生还记得那个冒牌炼金术士呀！那家伙早就死在狱中了。据说是在雅各先生正在调查的时候。真是的，尼古拉先生您也知道吧，都因为那家伙，村里才遭了殃。……事到如今，我就跟您实话实说了吧！去告发他是女巫的正是我。因为他所犯下的罪，我是最清楚的了。那之后，多亏雅各先生关照，我才得以离开那个阴森森的村子，在这里靠经营一家打铁铺生活。真的，我的一切多亏了雅各先生。……"

——"是嘛！"我只是随声附和着。接着，乔姆非要邀请我去他家吃饭。我随便编了个理由拒绝了他，然后就从那个目瞪口呆的男人面前消失了。

走了几步，我忽然想起约翰来。当我回过头想要问他的时候，乔姆的身影已经消失在了人群中。……

□

——接连下了三天的雨，今早终于停了，许久未见的太阳像半开的花，在东边的天空中静静地放着光辉。阳光从窗子射进来，照在桌子上，停留在翻倒的玻璃烧瓶底部。照得银币大小的水银珠发出令人炫目的光。

最近，我开始炼金术的实验了。翻开久未触碰过的皮埃尔的书，仔细阅读，再按顺序每天反复操作。迄今为止，自然科学中唯有炼金术我不曾问津，而如今我突然产生了要做此事的念头，大概是因为前几日与雅各和乔姆邂逅，确认皮埃尔已死的缘故吧！到目前为止，我连黑化都没有成功过，因此也说不出会有什么切实的成果，但是，即便如此，我依然怀有一种能有所成的预感。

皮埃尔曾经不止一次地告诫我，毕竟实际操

作是炼金术的一切，纵然你读书破万卷，如若不实际面对物质，仍将一无所获。这是皮埃尔自己的信条，也是他对我的忠告。他这番话的意思，我到今天才总算了解了。

的确，从实际操作中，我学到了许多从文献中学不到的知识。而且这才用了不足一个月的时间。不过这毕竟也只是作业中极其微小的一面而已。对我来说最为重要的是，炼金术作业本身蕴含着某种不可思议的充实感。当我触碰到那一小撮微小的物质时，我会产生一种错觉，仿佛自己触碰到了这个被造物界的所有物质，也就是说，触碰到了世界本身。那是一种难以言表的错觉。当一个人独自站在广阔的大草原时，当他望着眼前缥缈浩瀚的大海时，或许会产生与此相似的感觉。但是，即便是这样的时刻，人所能触碰到的最终也只是世界的一个片断而已。不，他或许连一个片断也触碰不到。但是，当我钻进微暗的小屋开始炼金作业时，那一刹那，一刹那，我能感

觉到自己有一种奇妙的自信，确信自己直接接触
到了世界的全部。

先人们之所以迷恋炼金术作业，为的也是这
种感觉吧！至少，我所看到的皮埃尔与炼金炉之
间的那种亲近感，如今想来，就是这种感觉。

与此相司，甚至更为激烈的感觉，在我的人
生中仅仅体验过一次。就是那日女巫的火刑。

直至今日，那瞬间的光辉仍然在我内心闪耀
着。那难以形容的目眩仍然在我内心熠熠生辉。
然而，不知从何时开始，在那吞噬万物的巨大而
强烈的光中，我发现了一个极其微小的暗点，如
同金属表面上生出的锈迹一般。光开始朝着这一
点运动，从此处到彼方，像奇妙的逆流的泉水一
样奔流不息，而且永远不会枯竭。

在那一滴锈迹深处，我看到了映射出来的世
界的幻影。那幻影以血肉和物质筑成，而且是现
实中存在的世界，与我们如此亲近。

我们之所以没有把那一瞬间的光看成是令保

罗幡然悔悟的圣光，不仅仅是因为我们未曾听到主的声音。事实上，能够证明那是主降的圣光的证据只有一条，相比之下，否定的证据却有许多。

尽管如此，我们基督徒却总是生活在某种预感中。因此，一有机会我便反复思忖下面这句话，总想从平凡的日子里寻找一些奇迹的迹象。

——是的，我即将抵达……

那天，没有人在被处以火刑的双性同体人身上看到受害的基督被吊在十字架上的身影吗？没有人在扔完石头后，眼前出现哥耳哥达①的幻影而幡然悔悟吗？没有人看到从不祥的森林里砍伐来的行刑架，在那一瞬间释放出十字架的光辉吗？没有人看到那吞噬了受刑者的火焰蔓延至地下，净化了亚当之罪吗？……诸如此类的追问自然是毫无意义的，或许本来就不该有这样的想法。然

①哥耳哥达：拉丁文称为 Calvariae Locus，中文译为"骷髅地"。在该处耶稣被钉在十字架上而死，今为耶稣圣墓大殿所在地。

而，我执意要将其述诸笔端，是因为有一段时期我确曾疑惑，那双性同体人就是再临的基督。……然而，这些疑惑终因我的怯懦而被丢弃了，只留下那不可知生物的身影。……

双性同体人究竟是怎么回事呢？——我暗自期待着能通过尽可能如实地描述我自身的体验，找到一些令人满意的答案。但是，我却始终无法构建出一个完整的双性同体人的形象。倘若我怀着更为强烈的寻求答案的意识动笔写下去的话，我会获得预想的成果吗？我并不这么认为。这些努力终归是徒劳吧！那是因为，即使是现在，当我记录双性同体人的事情时，脑海中留存的双性同体人的印象时而也会相互矛盾，而我除了将这些矛盾的印象原原本本地记录下来之外，别无他法。

而且，我还如此漫无边际地想过，就在双性同体人即将被焚毁的那一刹那，我真切地感到与它合为了一体。但是，回想起来，那或许不仅是当时才有的感觉。当我在那个洞窟中第一次看到它时，当它被拖到刑场上来时，当那裸露在外的阳物恣意地飞升起来直指天空，而双性同体人喘息不止时，我确实与它合为了一体。……

这么想来，双性同体人或许就是我自己。

……搁笔之际，我的目光落在桌角堆积的一堆资料上。奥古斯丁修会（Augustinian Order）的一个会士发起的异端运动在北方正如火如荼，这些资料就是有关这一运动的报告。

我叹息着向窗外望去。雨后的大地映着灿烂的阳光，令人炫目不已。

——飞鸟鸣叫着。

我抬眼向远方望去，苍穹中赫然出现一道灿烂的彩虹。

《日蚀》解说

四方田犬彦

　　大家都在谈论再来的问题。披头士再来、三岛由纪夫再来、浅田彰再来。但是，人们的谣传，仅仅是单纯地考虑了同一事物的相似度而已。人们为什么不论及反复，不谈及有意识的探求行为的反复呢？新闻话题结束，文学问题开始，正是从这一时刻开始。阅读这一行为被唤醒了，与此同时，创作这一行为就开始了。不，更正确地说，创作行为是阅读行为的反复，这样的事态到来了。平野启一郎的《日蚀》正是此种事态的症候。然而，具体来说这意味着什么呢？

通过仪式恶名昭著。当下这一行为用"initiation"这一英语词汇来表示，并转化为邪教召集信徒时所使用的修辞。与此同时，与探求相关的故事其价值也在下跌。世界已无须探求之物，日本社会已到达成熟后的停滞阶段，这样的言论席卷而来。冒险无论从何种意义出发，都成了落后于时代的精神。

平野启一郎想要触及的正是此种有关通过仪式的故事。诚然，初看时有些反动的样子。为了让人们更容易了解其反动性，我便援用了再来这一观念。但是，他想要探求的事物主体，到小说最后都没有言及。通过原型的不断反复来写小说，正是他的自信。不是模仿，也不是戏仿。《日蚀》想要呈现在我们面前的，并不是从正面与古往今来书写的各种探求故事对决，而是要超越这些故事，在积极的反复中创造出文学。

正值欧洲文艺复兴时期，一个在巴黎学习托

马斯神学的学生，为了寻求费奇诺的著作《赫密斯派文献》，决意前往佛罗伦萨（一个颇具魅力的开篇。有点博尔赫斯的风格，或是艾柯的风格）。可是这一探求之旅并没有如愿以偿，而是转变为另一种探求。他停留在距里昂不远的一个村子，以此为契机遇到了信仰与世界观截然不同的各色人物（仿佛是安德烈·塔可夫斯基电影中的出场人物）。他们与我们已经熟知的故事中的人物是那么相像（堕落于世俗的僧侣、狡猾的畸形男、纯洁的聋哑少年以及古怪的炼金术士，就像玛格丽特·尤瑟纳尔的长篇巨著）。不久他发现了炼金术士所探求的东西，跟着他进了一个神秘的山洞，遇到了他自己依稀思考过的探求的真正对象。那就是（仿佛是巴尔扎克短篇小说里的故事）光辉四溢的双性同体人的登场。然而在异端喧嚣的那个时代，这个双性同体人被以女巫之名逮捕，并施以火刑（依照伊利亚德① 宗教学所说的象征

---

① 米尔恰·伊利亚德(Mircea Eliade，1907—1986)，西方著名宗教史家。

法）。主人公对这一被误解的惨事只能袖手旁观，行刑至中途，天地顿生异变，出现了日蚀（此处又有些泉镜花，或哥特式浪漫小说的韵味）。令人意想不到的是，此时炼金术所追求的目标——黄金——得以生成，主人公忘我地体验了这一过程。之后，岁月流逝，作为神学者过着安稳的生活的主人公，以一件事为契机，想要模仿过去熟知的炼金术士的实验，至此才开始写下关于此事的回想。

这就是《日蚀》的故事。故事的新奇感并不是卖点。小说向前推进，似乎所有情节都是不知在何处已经被讲述过的事情，基于男性的原理到达顶峰，度过了恍惚的瞬间后，我们再次被清醒的时间拉回。此种故事结构如此之多地借用了已有的先例，然而仅从这一点来非难作者是不谨慎的！之所以这样说，是因为故事中主人公展现的探求，正是先行探求的反复，一只手拿着蜡烛步入洞窟深处的炼金术士的探求，是主人公越过炼金术士的肩膀看到的，越过肩膀这一姿势，说明主人公与作者是重合的。作者一边越过主人公的肩膀，看着先行的诸多故事中的探求，一边讲述，这一姿态通过主人公的探求被重新认识并提出来。主人公模仿炼金术士开始着手被禁忌的知识领域的实验，作者也如影随形，开始了当下看来落后于时代且遭受蔑视的实验，这个实验就是小说中采用了通过仪式的故事，并尝试重复这一故事。虽然作者知道这样的故事已经成百上千次地被重复，被搬上银幕。此时创作这一行为并不是要冲入无知领域，而酷似重新洗牌，再将牌逐一摆放在面前的动作。摆在我们眼前的任何一张牌都是我们所熟悉的。但是，提示这一行为本身却发生在当下，它传达给我们的意义是全新的。

在此，我必须将《日蚀》中颇具特色，甚至有些烦琐的注音假名放到上下文中来加以解释。

那么所谓的注音假名又是怎么回事呢?

就是在某一汉字右侧添加指定发音的平假名,这一体系在同时使用多种文字体系构成的、以文字为主的日语中,是很平常的,然而却发展成为只有日语才可能有的一种修辞学。为难读的汉字标注假名,原本只是发音时的辅助功能。最终它在争议中发展起来,演绎出意义论上的多意性,进而虽说是用日语的表记方式,但给法语标注英文解释这一杂技性的游戏竟然成为可能。举一个容易理解的例子,在"わが天体"这一表记上标注注音假名"シリウス",就使意义论这一范畴中的诗性的扰乱行为成为可能。再举一个例子,先把"agencenment"这个法语词汇音译为"アジャンスマン",而英语的"arrangement"的音译为"アレンジメント",再给它标注上注音假名,那么两个不同的词语在日语这一平台上狭路相逢,就超越了单纯的表音或诗性的范畴。这是以一种极为凝练的形式开展的多语言实验,也是使乔伊斯的《芬尼根的守灵夜》的日译成为可能的一种修辞法。从美学的角度赞扬注音假名的先驱是英国文学研究者由良君美（《语言文化的边界》讲谈社学术文库），关于这个问题终于到了非写一本书不可了！

那么再来看一下平野启一郎的方法，他用"悉"来表示通常写作"ことごとく"的这个词，然后给它标注上假名，这样一来会发生什么事情呢？

例如，在泉镜花创作的《因缘女子》中，如果是我们，会不假思索地写作"美しい"，而泉镜花则写作"美麗い"。在《草迷宫》中，同是这一发音，他还曾用过汉字"妖艶い"，其他地方还标注过"妤麗い""艶麗い"。这些标注，即使发音都等同于"うつくしい"，却微妙地背负着不同的意义论上的阴影。这表明他并没有使用同时代的日语词典，而专爱用清朝编纂的《康熙字典》，他的文学素养已经超越了近代日本，时间上波及了

213

江户时期，空间上扩展到了东亚。

使用注音假名，表明了平野启一郎的意志，他想通过这一凝练的表现方式，重复书写并超越迄今为止用日语书写的近代文学。与镜花不同，《日蚀》中并不存在作者独创的注音假名。作品中呈现的几乎都是先人们尝试过的表记游戏，作者把这种形式作为一种引用，试图借助以此为母体的故事的力量。如果镜花是随心所欲、自由自在地考量注音假名的使用的话，那么一个世纪后，平野引用此类注音假名，则为文字中心主义增添了巴洛克式的装饰。过去，注音假名曾经出现并服务于物语这一语言体系，平野正是要尝试介入这一迷失的语言体系。在此我提起镜花的名字，恐怕能够得到理解吧！因为继《日蚀》之后问世的作者的长篇小说《一月物语》，就是基于《龙潭谭》《采草药》《高野圣僧》等泉镜花的山界彷徨谭创作的戏仿。

对于文学而言，所谓的前卫，就是基于某思潮已死这一前提。而后卫则与此相反，倾情于此种已死之物。这一点，罗兰·巴特在《罗兰·巴特论罗兰·巴特》中曾经叙述过。平野启一郎《日蚀》的企图，就是要积极地与已死之物游戏，并通过重复这一游戏演绎出再生。至少小说家在初期是迷恋于这一游戏的，然而他们会很快厌倦这种游戏，进而转向其他独具个人特色的领域。《日蚀》从这一意义出发，在创作初期这种游戏就已经结晶成了一部作品，也是稀有之例了。故事中从双性同体人的余灰里赫然出现了黄金，那么将这部作品比喻为黄金，又有什么不妥呢？

（平成十三年十一月，电影史·比较文化）

平野启一郎这个谜

三浦雅士

平野启一郎还是个谜一般的作家。

《日蚀》的出版是在 1998 年，而《一月物语》的出版是在 1999 年。前者取材于中世纪面貌尚未消失的文艺复兴时期欧洲的炼金术士，后者则取材于日本近代文学滥觞时期一位诗人的山地彷徨。

一言以蔽之，这两部作品都是反时代的。主题，不用说是与现代相去甚远的；文体，可以说都是拟古文的形式。而且一部以西洋古典为背景，另一部则以中国古典为背景。跨度非常大。

不是轻而易举就能办到的。也未必就是令人想起玄学的著作——如果这样的话，趣味性就过强了——但是，知识的积累并不肤浅。

然而，尽管如此，必须说的是，两部作品均超乎理解，为什么会是十五世纪法国一位修道僧的故事呢？为什么会是患了精神病的明治一位青年诗人的故事呢？作家究竟为何，又是出于何种必然性，创作这些作品的呢？全然搞不明白。或者，也许有的读者搞明白了。但是，人们通常都试图从山脊的最低处翻越过去。之所以觉得弄明白了，或许是很快便发现了主峰过于雄伟吧！

令人困惑的是，继这两部作品之后，平野启一郎 2002 年出版了《葬送》，2008 年又出版了《溃决》，那些似有似无的困惑，更为深刻了。两部作品均是分为上下两册的长篇小说，前一部2500 页，后一部 1500 页。一部取材于十九世纪法国的肖邦与德拉克洛瓦，如果说它是标准的艺术家小说的话，那么另一部则以二十一世纪日本网

217

络社会为背景，是一部惊险十足的犯罪小说。《日蚀》《一月物语》之后，为什么必须是《葬送》和《溃决》呢？完全不得其解。而且在主题与方法上，《葬送》与《溃决》比《日蚀》与《一月物语》更为悬殊。

然而，并不能说不明白，就置之不理了。因为以上任何一部作品都是出色的成果。《葬送》中，尤其是肖邦演奏钢琴那一段描写，令人赞叹不已，《溃决》中，到最后的最后都没明确犯人是谁，他那抓住读者的手腕，不得不令人感到是一种娱乐的极致。

难道不是被恶魔玩弄于股掌中的感觉吗？不这样怀疑反倒不自然了。主题与方法如此扩散，而且如此充实，除了用"异常"一词来形容外别无他法。这是一个作家不可为之事。不，如果结合社会规范，更为正确地来说的话，这又是一个作家必做之事。因为作为小说家的同一性尚未确立，必然存在复数的平野启一郎。

　然而，平野启一郎像是在嘲笑我们的困惑一样，还出版了《高濑川》《滴落时钟群的波纹》等短篇集。前者是在 2003 年，后者是在 2004 年。短篇集的特征仍然是"扩散与充实"。一方面，正当你认为他采用了坚实的自然主义风格的手法时，另一方面则展开了令人不得不想起现代诗的破天荒的语言实验。这位作家就是思想犯。

　通常来说，一个小说家在其第二部、第三部作品时，其守备范围就已经明了了。按照从前的说法就是，创作风格显现出来了。然后使其创作风格稳步发展，主题与方法的坐标轴逐渐稳定下来，读者们便开始安心地关注其走向。赞叹也好，沮丧也罢，都是在其风格限度内。无论在东方世界还是西方世界，这或多或少已成为近代以降的文学习惯，不，也可称之为文学制度。

　例如，即便是被认为果断地挑战文学制度的村上龙和村上春树，也未能打破这一坐标轴。村上龙在小说主题方面，村上春树在小说展现方法方面，均颠覆了文坛常识——致使文坛消亡——但是并没有破坏小说的基本状况，即显示出创作风格，然后依此路径发展下去。因为他们也不能摧毁现代社会的规范，也不能摧毁作家的标签。标签就是著作权，也可以叫营业权。

如果要举出一个人，是平野启一郎的先行者，同样是个谜，那恐怕是水村美苗吧!《续 明暗》《私小说》《本格小说》等一系列她的作品均扰乱了所谓的标签。《私小说》《本格小说》两部作品故意搞错了类与种，或是种与个体的次元，扰乱了作家的标签。就像在动物园里，在"长颈鹿""河马"的标签旁边公然挂上"动物"的标签一样。要是以前的话，恐怕书店和代售店一定会不满。水村美苗所做的原本是非常过激的。

然而，即使是划时代的水村美苗，她的文体也能明确地让人感觉到一种流派的存在。平野启一郎，恕我妄言，就没有这种感觉。不，相反，他是努力不让人有这种感觉，才变化着文体。

这究竟是怎么回事呢？

如果平野启一郎这一谜团里潜藏着某种说服力的话，那也仅限于与小说这一谜团重合之时吧！也就是说，平野启一郎正站在小说这一表现形式的边缘，只有在这种情况，才能理解平野启一郎这一谜团中潜藏的说服力吧！

用米兰·昆德拉的话来说，所谓小说是欧洲近代特殊的产物，离开欧洲就无法成立。不用说，昆德拉只是在模仿海德格尔，只是把哲学换言为小说而已。但是，如果真如昆德拉所言，那么小说这种东西，历经巴尔扎克、福楼拜、普鲁斯特，到新小说派就结束了。就如同古典音乐到凯奇（John Milton Cage Jr.）就结束了一样。昆德拉、加西亚·马尔克斯、拉什迪只不过是在小说之后的时代中挣扎着。

不必说，如此一来，浮现出的"小说的时代"的终结这一问题，恰恰与福柯在《词与物》中呈现的"人类的时代"的终结相呼应。福柯说，正如沙滩上描绘的人面图，被波浪冲刷着渐渐消失一样，"人类的时代"如今也正在走向终结，小说同样也在渐渐消失。所谓站在小说这一表现形式的边缘，就是站在其岸边。

再次回顾一下，平野启一郎之谜与小说之谜、逐渐终结的小说之谜重合在一起，确实是很有可能的。《日蚀》取材于小说这一文类即将产生的时代，《一月物语》则取材于欧洲风的小说开始流入日本，日本人也开始写这样的小说的时代。正如《一月物语》充分具有前时代物语的情趣一样，《日蚀》同样也具有这样的情趣。《日蚀》的叙述者，在主客观分离被强烈意识到的那一时代伊始，并没有要抗拒二者的融合，而是被刻画为一个受其吸引的人物。叙述者在那一时代伊始便预告了那一时代的结束。

《一月物语》也是这样。正如《日蚀》在可以说是异界之异界的洞窟中偶遇双性同体人一样，《一月物语》也在可以说是异界临界处的禅堂境内之庵里与美女相遇。在梦中。然而，梦是如此逼真，反倒是现实如梦一般。

"梦和幻觉，一切都是蛇毒的后遗症吧，有时也会这样怀疑。但是，还是无法离开那里向前迈进。疑虑转瞬间就被各种体验的异样诱惑力给压倒了。有时候甚至连现在这个瞬间的现实都被它给吞没了。宛如醒来的这个瞬间也是朦胧的幻境一般。就好像被梦见的是真拆自己。"

以上这段内容与小说开头透谷的卷首词"蝴蝶栩栩然舞动着，在梦与真之间"相呼应，这一卷首词承袭了庄子的"蝴蝶之梦"，这一点自不必多论。"不知周之梦为胡蝶与，胡蝶之梦为周与？"（《庄子·内篇·齐物论第二》）这个梦在《一月物语》中成为文学的隐喻、小说的隐喻，这一点也不必多论了。这不关乎作者的意图，是可以解读成这样的，也就是说，这篇小说是现实陷入梦境的故事。顺便说一下，透谷、独步、芥川、太宰、三岛的生死方式被有意识地承继下来，这一点明确表现出，透谷就是日本小说家的原型。如果说把热情换成另外一种说法——情热——的是透谷的话，那么喜欢把梦境与现实混为一谈的也是透谷。

我们不应该对梦的比喻嗤之以鼻。梦比小说古老，又大于文学。当梦转化为语言时，人类的文化、社会、文明才得以开始。这个世界是梦吗？这个世界是语言吗？只要这两个疑问重合在一起，就必须回答那是完全的真实。

《葬送》讲的是小说全盛时代的故事，《溃决》是因特网即将达到全盛时代的故事。不仅是小说，因特网也是如此，只要属于语言纲目，就逃不出梦的隐喻。《葬送》与《日蚀》相对应，《一月物语》与《溃决》相对应。《溃决》讲的是以因特网为舞台引发的事件，而让人想起因特网的恐怖性——梦与现实的混淆——应该是《一月物语》。这是理所当然的。因特网本身原本只是人类思想的外化。

　　站在这样的立场，平野启一郎才发表了以载人火星探查与美国总统大选为题材的近似科幻小说的《曙光号》，小说所探究的以及探究方式便朦胧地浮现出来。2009年出版的新近长篇小说也是一部长达千页的力作，继艺术家小说《葬送》、犯罪小说《溃决》之后，这部作品的创意，多少有些SF的意味。复数的平野启一郎更为过激地拓展开来，但是在此，复数性本身却成了主题。在2030年代的网络社会，任何个人（individual）都拥有多个分人（dividual），这一认识已成为一般常识，不仅仅是人，就连社会，也是庞大的物语的集合、梦的集合。社会本身就像是一部由数量庞大的写手写就的小说。可以说库尔特·冯内古特、路德维希·蒂克开辟的领域向更深层次推进了，但是，这原本也都归结于人本身，即语言的问题。小说就是人的界限问题，人的问题又是语言界限的问题。

　　综观而言，显然平野启一郎将作品放在了海

岸刚刚触碰到波浪的地方。然而，在语言这片海岸边，相继而起的波浪的准确动向——例如时间——现在一点也没弄清楚。也就是说，还是一个谜。

平野启一郎之所以还是个谜，正是因为我们太想描摹出这个巨大的谜团。毋庸赘言，这个谜仍在向纵深发展着。

（平成二十二年十二月，文艺评论家）